円盤皇女ワるきゅーレ
美女の惑星★大混戦！

雑賀匡
原作：介錯

JN285654

MF文庫J

カバーイラスト●介錯
ピンナップイラスト●藤井まき
本文イラスト●イトカツ
編集●児玉拓也

プロローグ

深夜——。

ひとりの少女が、自分の部屋からひょいと顔をのぞかせた。

少女は周囲の気配を窺《うかが》うように辺りを見まわすと、廊下に誰《だれ》の姿もないことを確認し、ドアの隙間《すきま》からそっと抜け出した。

だが、気が急《せ》いていたせいか、
カツン!!

と、廊下に足音が響いてしまい、慌《あわ》てて立ち止まる。

「あう……」

周囲に視線を向けるが、どうやら誰かに聞かれた様子はなさそうだ。

少女は忍び足になると、そろそろと廊下を歩き始めた。

ここで見つかったら連れ戻されるのは間違いない。そして、またあの仏頂面《ぶっちょうづら》をした侍従《じじゅう》武官にクドクドと説教をされる羽目になってしまうのだ。

——そんなのイヤだなぁ。

想像しただけでうんざりしてしまった。

確かにここでの生活はなに不自由ないものだ。

他の者では口にすることさえできない食べ物と、柔らかく暖かな寝床《ねどこ》。なにも考えなければ、こんなに快適な場所は他にないかもしれない。

だが——。

それがずっと続くのは耐えられなかった。

退屈で仕方がない……ということもある。

けれど、それ以上に、あの人物のそばにいることに我慢できなくなったのだ。

——私はあの人とは違う道を行く。

それだけを念じながら、少女は慎重に廊下を歩き続けた。

チャンスは一度しかない。

逃げ出そうとしたことがバレたら、今後はもっと警戒されるだろう。まさか出て行くなどとは思っていない今だけが、少女に与えられた唯一の機会なのである。

すでに外へ出るための順路は確認してあった。

正面には見張りをしている者もいるが、それほど数は多くない。

平和なこの国では、警備といっても形ばかりのことだ。元々、少人数でこれだけ大規模な建物のすべてを警備するのは不可能なのである。

「えっと……」

複雑に入り組んだ廊下を歩き続けた少女は、長い時間を掛けて、ようやくひとつのドアの前まで辿《たど》り着いた。

下働きの者たちが使用するための出入り口なのか、建物の正面にある豪華なものとは違い、質素でなんの飾り気もないドアだ。

だが……このドアの向こうには、少女が見たことのない自由が広がっているはずだ。

そっとノブに手を掛けてドアを開けると、乾いた外気がドアの隙間《すきま》から滑り込んできた。

初めて触れる外の空気だ。

ドアを開け放ち、少女は外の様子を窺《うかが》うと、ゆっくりと足を踏み出した。

暗闇ではっきりと分からなかったが、辺り一面は草原のようであった。遠くに森と思《おぼ》しき樹々のシルエットが見える。

森に入ってしまえば、誰も追い掛けては来ないだろう。

少女は迷わず森へと向かって歩き始めた。

最初から行くべき場所は、森の向こうあるはずの小さな村と決めていたのだ。

そこには自分を望んでいる者たちがいる。

その人々の元へ行くことが、正しい判断なのかどうかは分からないが、とりあえず今は他に行くあてがなかった。

そこで、後わずかな時間を過ごせればいい。

大人にさえなってしまえば、自分の力でこれからのことを判断できるはずだ。

そうなれば――。

雲の間から月が顔をのぞかせ、まだほんの幼い容姿をした少女の姿を、淡い光で照らし出す。金色の長い髪と青いつぶらな瞳《ひとみ》。

少女はゆっくりと……しかし確実に歩《あゆみ》を進め、森へと向かった。

第一章　宇宙旅行への招待

1

閃光《せんこう》の中に包まれた瞬間――。

自分が何者なのか、咄嗟《とっさ》に思い出すことができなかった。

白く――なにもない空間。

心臓の音だけが、やけに響いていたことを憶えている。

暖かい光が全身を包み、まるで宙に浮かんでいるような感覚――。

そこは安らぎに満ちた空間であった。

この光の中に身を委《ゆだ》ねていれば、何者にも害されることはないようにさえ思える。

そう……母の胎内を想像させるような場所だ。

身体《からだ》に伝わってくる緩《ゆる》やかな揺れは、全身に心地よさを与え、このままずっとこの空間を漂っていたい気分にさせられる。

――僕は一体……。

ふと、自分がどうしてここにいるのかを思い出そうとした。

天空から聞こえてくる轟音《ごうおん》。

閃光《せんこう》――。

衝撃――。

断片的な記憶が、麻痺《まひ》していた脳裏にフラッシュバックのごとく蘇《よみがえ》り始める。

――そう、なにかが墜《お》ちてきたんだ。

そして……。

そこまで記憶の糸を手繰《たぐ》りよせた時、不意にどこからか声が響いてきた。

女性の声――だろう。

まるで直接心に語り掛けてくるかのような、優しくて暖か味のある不思議な声だ。

「あなたのお名前は？」

「僕……？」

問い掛けられて少し戸惑ったが、

「僕の名前は……」

と、口にした途端。

すべての記憶が、まるで堰《せき》を切ったように頭の中へと逆流してきた。

「――そうだ、僕の名前は……時野和人《ときのかずと》だ」

「和人さん……」

女性の声は、確認するかのように和人の名を小さく呟《つぶや》く。

声の主を捜してふと顔を上げると、光の奥にひとりの女性の姿が浮かび上がった。

まるで天女のような美女だ。

「君は誰？」

明確な記憶が蘇ると同時に、和人の頭は疑問符で一杯になった。

自分はどうなってしまったのか——。

そして、目の前にいる美女は何者なのか——。

「私の名はワルキューレ」

「ワルキューレ……？」

「すいません……私は、あなたを——」

申し訳なさそうな表情を浮かべる美女——ワルキューレの声は、消え入りそうなほどに小さくなり、最後まで聞き取ることができなかった。

「僕を……？」

和人が問い返しても、彼女は明確な答えを返さず、

「代わりに……」

と、両手を重ね合わせた。

すると、その両手の間からは、この空間を作り出している光よりも、はるかに暖かそう

な光球が出現して、ワルキューレの端正《たんせい》な顔を照らし出した。

「私の大切なものを……和人《かずと》さん、あなたに——」

ワルキューレがそう言うと同時に、出現した光が彼女の手から溢《あふ》れ出した。


——和人は今でも思う。

あれは現実にあったことなのだろうか……と。

この地球に、宇宙人という者がめずらしくなくなって数年が経《た》つ。

「異星人は本当に存在するのか!?」

などと推測されていた時代は遠い昔のものとなり、和人も子供の頃から、宇宙人をごくあたりまえの存在として受け止めてきた。

現在ではこの羽衣町《はごろもちょう》のような下町でも、その辺りを歩いている人々の、数人にひとりが地球外からやって来た異星人という状況だ。

だから祖父たちの時代の人に比べると、不思議な出来事に対する免疫《めんえき》はかなりあるはずなのだが、それでもあの体験だけは未《いま》だに夢のような気さえする。

「…………………」

和人は掃《は》き掃除をしていた手を止めると、ふとあの時のことを思い返すかのように、背後の建物を振り返った。

そこには和人が自ら経営する銭湯——時乃湯《ときのゆ》がある。

頑固にも祖父の遺志を継ごうとする和人を、海外赴任している両親は呆《あき》れたような目で見ていたし、妹のリカなどは、さっさと銭湯などやめてマンションでも建てた方がいいと言い続けている。

けれど、和人はどうしてもこの時乃湯をやめるつもりにはなれなかった。

確かに昔ながらの銭湯に来る客などあまりいない。

外観も古くさく、決してお洒落《しゃれ》とは言い難いのだ。

だが、幸いなことになじみの常連客が毎日訪れてくれるおかげで、大繁盛《だいはんじょう》というにはほど遠いが、なんとか経営が成り立っている。

市民の憩《いこ》いの場であり、心のやすまる空間。

人情味あふれる町のオアシス。

和人はそんな時乃湯をずっと続けていきたいと思っていた。

その時乃湯に——。

和人が体験した不思議な出来事の証拠となる、巨大な円盤が突き刺さっている。

まるで男湯と女湯を区切るかのように、ちょうど時乃湯のド真ん中に直立しているその円盤は、あれが間違いなく現実に起こったことなのだと告げているようであった。

あの日――。

天空から落下してきた円盤は、時乃湯《ときのゆ》の天井を突き破り、風呂場で掃除をしていた和人《かずと》を直撃したのである。

――あの時、僕は本当に死んでしまったのだろうか。

和人はそっと自分の胸に手を当てた。

あの不思議な光の中を漂っている時、彼女は言ったのだ。

『ごめんなさい……お詫《わ》びに、私の魂の半分をあなたに差し上げます』

……と。

あの言葉が真実だとしたら、今も彼女の魂の半分が自分の中に存在することになる。

いや、そのこと自体はもはや疑いようもない。

なぜなら……。

「ねえねえ、かずとぉ～！」

物思いにふけっていた和人は不意に呼び掛けられ、ハッと声のした方を振り返った。

そこには、和人の身長の半分にも満たない小さな少女の姿がある。

「……ワるきゅーレ」

和人は思わずその少女の名を呟《つぶや》いた。

羽のついた帽子からこぼれる金色の髪と、ブルーのつぶらな瞳《ひとみ》。いささか特殊なデザインの服を身に纏《まと》った美少女である。

「どうしたの？」

「いや……なんでもないよ」

和人は少女――ワるきゅーレに笑顔を向けた。

「ねー、一緒に遊ぼうよぉ」

「今は忙しいんだ。この後は買い物にも行かなきゃならないし……」

「じゃあ、ワルちゃんもお手伝いするー」

ワるきゅーレはそう言うと、時乃湯の中に駆け戻り、自分の身長よりもはるかに大きなほうきを持ち出してきた。

「そんなに大きいの使えないだろう」

「いいのっ!!　ワルちゃんも掃除するんだもんっ」

和人の指摘を無視して、ワるきゅーレはよろよろとほうきを振りまわし始めた。

その姿は、とてもほうきで掃除をしているようには見えず、まるでほうきに掃除をさせられているかのようだ。

和人はそんな様子を苦笑しながら見つめた。

光の中で出会った美女――ワルキューレ。

彼女は魂の半分を和人に与えたために、子供のような姿に……いや、身体と同様に思考まで子供になってしまっているのである。

あの優雅で色っぽいワルキューレと、目の前の小さなワるきゅーレ。

ふたりが同一人物などとは……。

ましてや、ヴァルハラ星の皇女《おうじょ》であるとは到底思えなかった。

――でも、この子があの人であることは間違いないんだ。

「ねえー、和人《かずと》ーっ」

ぼんやりと自分を見つめている和人に、ワるきゅーレは不満げな声を上げた。

「早く掃除して遊ぼうよぉ」

「あ、ああ……」

ワるきゅーレに怒られていては世話はない。

和人は慌《あわ》てて手を動かし始めた。

結局、あれからワるきゅーレは時乃湯《ときのゆ》に居着くことになってしまい、皇女である彼女を追ってきた人々を加えて、賑《にぎ》やかな毎日が続いている。

わがままなワるきゅーレに振りまわされてしまうことも多いが、和人は現在のこの生活にとりあえず満足していた。

今後はどうなるのか分からないが、少なくとも今は――。

2

夕焼けに染まった羽衣町《はごろもちょう》の商店街。

掃除を終えた和人は、一緒に遊ぼうとしつこく言い寄ってくるワるきゅーレを連れて、この商店街——通称「羽衣町銀座」に夕食の買い物に来ていた。

遊びとは少し違うが、和人と一緒に外出できただけでとりあえず満足したらしい。

ワるきゅーレは機嫌良くトコトコと後からついてくる。

「えっと……野菜は買ったたし、お肉もOKと……」

買いもらしがないかどうかを確認した和人は、

「さて、じゃあ帰ろうか」

と、背後のワるきゅーレに声を掛けた。

さっさと戻って、時乃湯の開店準備をしなければならない。

だが、ワるきゅーレは和人に買ってもらったお菓子を手にしたまま、数メートルほど後ろに立ち止まって、ある方向をジッと見つめている。

「ワるきゅーレ?」

「ねえねえ、かずとぉ〜。あれなーに?」

ワるきゅーレが指差したのは商店街の一角にできている人集《ひとだか》りだ。

普段は駐車場のある場所なのだが、なにかイベントをやっているらしく、羽衣《はごろも》商店街のテントが設営されている。

テントには「夏の大抽選会」と書かれた即席の看板が掲げられていた。

「ああ……あれは福引きをやっているんだよ」

「ふくびき?」

「ガラガラをまわして玉を出すんだ。それで玉の色によって賞品がもらえるんだよ」

「へー」

和人《かずと》の説明に、好奇心旺盛なワるきゅーレは途端に目を輝かせ始めた。

「……やってみる?」

ちょうど買い物をした時にもらった福引き券が三枚ある。いずれも補助券ではないので、これで三回はまわせるはずだ。

「うん、やるやるっ♪」

ワるきゅーレは和人の手を取ると、人集りの方へと引っ張り始めた。

見物客たちをかき分けて福引きコーナーの前まで来ると、そこにいたのは、意外にも和人と顔なじみの人物だった。

「あれ、コマダさん?」

時乃湯《ときのゆ》の常連で、ペンギンに似た顔をしている宇宙人である。

三年前に家族で地球にやって来て以来、羽衣町の商店街で八百屋を営んでおり、さっきも彼の奥さんから野菜を買ってきたところであった。

「おうっ、時乃湯の若旦那《だんな》じゃねーか」

そのコマダさんが、和人に気付いて威勢《いせい》のよい声を上げた。

トレードマークのような捻《ねじ》りハチマキはいつものままだが、今日は「羽衣商店街」と書かれた赤いはっぴを着込んでいる。

「コマダさんが福引きを？」

「商店街組合の当番がまわってきちまってなぁ。ささ、それよりも福引きするんだろ？」

「はあ……」

「うん、ワルちゃんがやるのっ!!」

ワるきゅーレは、和人からもらった福引き券をひらひらと振った。

精一杯背伸びをしているようだが、背が低いためにコマダさんからは福引き券しか見えないだろう。これでは当然、ガラガラをまわすことなどできない。

和人は仕方なくワるきゅーレを両手で抱え上げた。

「おう、嬢ちゃんがまわすのかい。気合いを入れてやるんだぜっ」

「うんっ!!」

なにをすればいいのかは、さっきからずっと見ていたために理解しているらしい。

ワるきゅーレは、なんのためらいもなしにガラガラについているハンドルを握ると、

「まわすよー」

と、掛け声を上げ、上半身ごと回転するようにまわし始めた。

ガラガラッ!!

派手な音と共に、白い玉が転がり出てくる。

「はい、残念でしたぁ」

コマダさんは動物を象《かたど》ったガムをワるきゅーレに差し出した。

いわゆる残念賞というやつだろう。

だが、ワるきゅーレはそれが不満なのか、プッと頬《ほお》を膨らませる。

「ぬいぐるみじゃないの?」

「ぬいぐるみ?」

「あれー、あのぬいぐるみ〜っ」

ワるきゅーレの指差した方に視線を向けると、四等賞品と書かれたコーナーにペンギンを模したようなぬいぐるみが置いてあった。

——なんだか、コマダさんに似ているような気がするんだけど。

思わず、ぬいぐるみとコマダさんを見比べてしまう和人《かずと》であった。

「残念だけど、こいつは四等なんでなぁ」

「あれがいいのーっ」

「だったら、えっと……赤い玉を出さないと」

和人はカウンターの奥に張ってある、賞品と玉の色の対比表を見つめながら答えた。

「どうやったら出るの？」

「いや、それは……」

和人はワるきゅーレの質問に思わず眉根《まゆね》を寄せた。

そんな方法があるのなら、福引きなど成立しないだろう。

「と、とにかく券は三枚なんだ。後二回引けるから」

「よーしっ」

ワるきゅーレは気合いを入れて、再びハンドルをまわした。

だが……出てきたのは、やはり白い玉だ。

「はい、残念でしたぁ」

「ぶーっ!!」

コマダさんが差し出した動物ガムから顔を背け、ワるきゅーレはむくれた表情で大きく首を振った。

「しょうがないよ。そういう決まりなんだ」

「じゃあ、和人《かずと》が出して」

和人が慰《なぐさ》めるように言うと、ワるきゅーレはいきなり無理な注文をしてきた。

「そ、そんなこと言われても……」

「まあまあ、後一回残ってるんだ。頑張っていいのを出しなよ」

「……うん」

コマダさんの言葉に、ワるきゅーレは気を取り直したようにハンドルを握った。

これで全部動物ガムだったら機嫌が悪いだろうな……と、和人が憂鬱《ゆううつ》になった時、ワるきゅーレは最後の一回を力一杯にまわした。

今までよりも大きな音でガラガラがまわった途端。

コロン、と金色の玉が転がり出てきた。

「あ……」

その金色の玉を見て、その場は一瞬のうちにシンと静まりかえった。

それが何等に当たるのか分からないが、色からしてかなり期待が持てそうな感じである。

和人が張ってあった表で確認しようと顔を上げた時。

「お、大当たり〜っ!!」

コマダさんはカランカランと、手にしていた鐘を派手に鳴らした。

「特等、宇宙旅行三泊四日ガンデスリゾート惑星ご招待〜っ!!」

「おおーっ!!」

その様子を見物していた人々からどよめきが上がった。

「と、特等……宇宙旅行？」

突然のことに呆然《ぼうぜん》としながら、和人は抱え上げたままのワるきゅーレを見つめた。

だが、自分がなにを引き当てたのかを理解していない彼女は、

「ぬいぐるみじゃないの？」

と、当惑したように、和人と周りではやしたてる人々を交互に見比べた。

3

「う、宇宙旅行～っ!?」

ちゃぶ台の上に置かれた招待券を見て、時野《ときの》リカは素《す》っ頓狂《とんきょう》な声を上げた。

「宇宙旅行三泊四日ガンデスリゾート惑星ご招待……ほ、本物だ」

「ワルちゃんが当てたんだよぉ」

自分の手柄《てがら》を誇るかのように、ワるきゅーレはニコニコ顔でリカを見つめた。

「えらいっ、ワるQっ!!」

「えへへ」

めずらしくリカに褒《ほ》められ、ワるきゅーレは嬉しそうな表情を浮かべる。

特等を当てた時に、

「絶対にぬいぐるみの方がいいもんっ」

と、駄々をこねていたのとは大違いだ。

「宇宙旅行なんて、滅多に行く機会なんかないもんねぇ」

リカは手にした招待状をしげしげと見つめた。

「招待人数は三名まで……か。まあ、ワるきゅーレを連れていくのは仕方ないとしても、たまには兄妹《きょうだい》水入らずの旅行もいいわよね」

「うん……でもなぁ」

「え？　なによ、もしかして行かないつもりなの!?」

和人《かずと》があまり乗り気でないことを察して、リカは信じられないという表情を浮かべた。

「学校だって来週から休みに入るんだし、旅行に行くのに問題なんてないじゃない」

「だって、時乃湯《ときのゆ》を何日も休業にするわけにはいかないだろう？」

「そんなの侍女《じじょ》部隊がいるでしょう」

真田《さなだ》さんだっているし……と、リカは身を乗り出して力説した。

皇女《おうじょ》であるワるきゅーレを追って地球にやってきた猫耳侍女長の真田さんは、その配下に多くの猫耳侍女部隊を従えている。人手不足の時乃湯が営業を続けていられるのは、彼女たちが交代で手伝いに来てくれているからなのだ。

「だけどなぁ……」

「もうっ、焦《じ》れったいわね。こんな機会は滅多にないのよっ」

リカはバンッ!!とちゃぶ台を叩《たた》いて力説した。

普段の彼女はどちらかといえば締まり屋の方なのだが、無料でご招待となれば、逆に行かない方がもったいないという心境なのだろう。

それに単なる招待旅行と違い、今回の行き先は宇宙である。

いくら宇宙旅行がめずらしくない時代になったとはいえ、一般庶民が宇宙へ行く機会はやはりまだまだ少ない。

リカの将来の夢は、和人のように古びた時乃湯を維持することではなく、一流大学を出て両親のように格好よく宇宙を相手にした仕事をすることなのである。

そんな彼女にとって、これは宇宙を体験するには絶好のチャンスでもあったのだ。

「う〜ん……」

しつこく食い下がってくるリカに、和人の心は揺れた。

確かに真田さんが残留してくれれば、とりあえず時乃湯の営業に問題はないので、いつも利用してくれている常連客に迷惑を掛けることはない。

「それにさ、招待先には宇宙温泉があるみたいよ」

「宇宙温泉？」

リカの言葉に、和人《かずと》はハッと顔を上げた。

「時乃湯《ときのゆ》を市民の憩《いこ》いの場としてもっとよいものにするには、こういった場所を見学しておく必要もあるんじゃないかなぁ」

招待券と一緒になったパンフレットをパラパラと眺めながら、リカは和人の好奇心をくすぐるような言い方をした。

十五年も和人の妹をやっていれば、弱点などとっくにお見通しなのである。

「い、いや……時乃湯は、昔ながらの銭湯だからいいのであって、そんなリゾート地なんかと一緒にはならないだろう」

「だけど、見ておいて損はしないわよ」

「…………………」

明らかにその気になりつつある和人にトドメを刺すべく、リカは一緒になってパンフレットを覗《のぞ》き込んでいたワるきゅーレに、

「ワるQも温泉に行きたいわよねぇ？」

と、誘導するように訊《き》いた。

「うん、ワルちゃんもおんせんに行きたいーっ」

ワるきゅーレはリカの質問に、即座に手を上げて答えた。

温泉がどんな場所なのかをちゃんと理解しているのかどうか怪しいが、どこかへ出掛けることができるというだけで十分に嬉しいらしい。

結局はその言葉が決め手となって、和人は苦笑しながら頷《うなず》いた。

「仕方ない、行くか」

「そう来なくっちゃ」

「わーい、おんせんだ、おんせんだ!!」

リカが歓喜の声を上げると、ワるきゅーレも同調するように辺りを走りまわった。

――まあ、たまにはいいよな。

留守番役をしてもらうことになる真田《さなだ》さんには悪いが、こんな機会は確かにそうそうあるものではない。

普段は時乃湯の仕事があって、あまりワるきゅーレと遊んでやれないのだから、こんな時くらいはゆっくりと相手になってやるのもいいだろう。

「それじゃ、真田さんに事情を話して、留守の間のことを……」

和人がそう言って立ち上がろうとした時。

ダダダダッ!!

と、誰《だれ》かが廊下を駆けてくる音が聞こえてきた。

「ん……?」

不審に思った和人《かずと》が動きを止めた途端、居間の戸が派手な音を立てて開き、当の本人である真田《さなだ》さんが姿を現した。

「準備できましたっ」

「へ？」

突然の台詞《せりふ》に、和人は唖然《あぜん》と真田さんを見つめた。

「ですから、宇宙旅行の準備が完了致しました」

「宇宙旅行って……？」

「姫様がフクビキとやらで獲得した宇宙旅行のことです」

真田さんはきっぱりと言い放ったが、まだこの件は彼女に話してはいないはずなのだ。

そんな和人の疑問を察したのか、

「ふふふっ……私の情報網を甘く見てはなりません」

と、真田さんは不敵な笑みを浮かべた。

「姫様がなにやらあやしげな箱をまわした賞品として、旅行の招待券を手に入れたことは、街中に放った部下たちからの報告で、すでに私の耳に入っているのです」

真田さんはそう言って、猫耳をぴくぴくと動かした。

よく見ると、真田さんは巨大なトランクを抱えている。一体なにが詰まっているのか知らないが、どうやら完全に同伴するつもりで準備をしていたようだ。

「…………………」

和人《かずと》とリカは、思わず顔を見合わせた。

「この真田《さなだ》はどこまでも姫様と婿殿《むこどの》のお供をいたしますです、はいっ!!」

「あ、あの～」

ハイテンションの真田さんに、リカが申し訳なさそうに口を挟んだ。

「悪いんだけど、招待券は三枚しかないのよね」

「は？」

「だから、一枚、二枚」

リカは和人とワるきゅーレを順番に指差していき、最後に自分に指先を向ける。

「三枚……」

「………………ということは」

「真田さんには留守番しててもらいたいのよね」

「がちょーん!!」

どこで憶えたのか、真田さんは数十年前にはやったギャグをカマしながら硬直した。

いささか気の毒な気がしないではないが、招待券の数が決まっている以上はどうしようもないし、今回の旅行は真田さんが残って時乃湯《ときのゆ》の総指揮を執《と》ってもらうことが大前提になっているのである。

「真田さん、僕たちが不在の間、時乃湯をお願いできないかな？」

「わ、私がですか？」

呆然《ぼうぜん》としていた真田さんは、和人の真摯《しんし》な瞳に見つめられてハッと我に返った。

「こんなことを頼めるのは真田さんしかいないんだ」

「私しか……いない」

その言葉が真田さんの忠誠心を刺激したらしい。

彼女はキッと表情を引き締めると、

「分かりましたっ!!　この私めが時乃湯を預からせて頂きます」

と、拳《こぶし》を握りしめた。

「うん、お願いするね」

真田さんの気合いの入った返事に、和人はホッと表情を和らげた。和人にとって、この古びた銭湯だけがなにより心配なのである。

「婿殿がお留守の間に、きっとこの時乃湯を宇宙一の立派な銭湯にしてさしあげますっ」

「い、いや……普通に留守番しててくれればいいんだよ」

時乃湯を留守にすることに、和人はなんとなく不安を感じずにはいられなかった。

4

宇宙旅行へ行く!!

と、決めたところで、実際には学校が休みに入ってからのことであるし、手続きやらなんやらと、出発の準備が整ったのは一週間ほど経《た》ってからのことである。

その当日の朝——。

「こら、ダメだって言ってるじゃない」

「いやーっ、絶対に一緒に行くのっ!!」

支度《したく》を終えた和人《かずと》が居間まで来ると、ワるきゅーレがリカと押し問答を続けていた。

「おい、なにやってるんだよ。そろそろ出掛けないと……」

「だって、お兄ちゃんっ!! ワるQったら、シロを連れていくって言うんだもん」

「シロを?」

和人はワるきゅーレが抱えている物体に視線を向けた。

一見すると犬のぬいぐるみのようだが、ちゃんと人語を話す歴《れっき》とした宇宙人である。

いつの間にか時野《ときの》家《け》に住み着いているのだが、扱いはほとんどペット並み。もしくはワるきゅーレのオモチャといったところだろう。

「シロはワルちゃんの友達だもんっ」

「だけど、招待券は三枚しかないのよ」

「いやーっ、絶対に一緒だもんっ!!」

「まあまあ……」

放っておくと口論はいつまでも続きそうで、和人は仕方なくふたりの間に割って入った。

「連れていくのは構わないけど、招待券が足りないんだ。だからこうして……」

と、和人はシロをワるきゅーレの背負っていたリュックの中に入れた。

ちょうど顔だけが出た状態だと、どう見てもただのぬいぐるみとしか思えない。

「これなら一緒に行けるの？」

「うん、そうだよ」

和人が頷《うなず》くと、ワるきゅーレは「一緒だ、一緒だ」と嬉しそうにはしゃぎまわった。

「……これで誤魔化《ごまか》そうって言うの？」

その安直な方法に、リカは呆《あき》れたような表情を浮かべた。

「まあ、空港でバレたら置いていけばいいだろう」

和人はあっさりと言う。あくまでも同行させるのに反対して、出発に支障が出るようなことになると面倒だからだ。

「なら……別にいいんだけどね。ま、おとなしくしてなさい」

リカはそう言って、ワるきゅーレのリュックに収まったシロの頭をポンポンと叩く。

「…………………」

自分の意見を完全に無視されたシロは、無言のままそっと溜《た》め息《いき》をついた。

「さて、それじゃ行くか」

「わーい、旅行だ旅行だっ」

跳《は》ねるようにして先導するワるきゅーレに続き、和人《かずと》とリカはそれぞれの荷物を持ち上げて玄関へと向かう。

だが、表に出た和人たちは、そこに数十人の猫耳侍女《じじょ》たちが集合していることに気付いて、思わず後ずさってしまった。

「な、なんだ……？」

猫耳侍女たちには、留守の間に時乃湯《ときのゆ》の営業を手伝ってもらうことになっていたが、こんなに朝早くから——それも、全員が集まる必要などないのだ。

「整列ーっ!!」

どこからか現れた真田《さなだ》さんの声に、侍女たちはビシッと衣を整え、まるで閲兵式《えっぺいしき》に臨《のぞ》む兵士のように居並んだ。

「さ、真田さん、これは……？」

「決まっているではありませんか。姫様方のお見送りです」

「見送りって……」

「いいですか、みなさん!!」

唖然とする和人を余所に、真田さんは整列した侍女部隊に声を掛ける。

「これから姫様方はご旅行に向かわれますっ!!　姫様方の行く先々に、どんな困難が待ち受けていようとも、必ずやそれらを排してご無事に時乃湯に戻られますよう願いを籠《こ》めて、我々は万歳三唱でお見送りをいたしたいと思います」

真田さんは一気に口上を述べ終えると、いきなり両手を上げる。

「姫様、バンザーイ!!」

「バンザーイ!!　バンザーイ!!」

侍女部隊が、真田さんに追従するように両手を上げて唱和した。

「婿殿《むこどの》、バンザーイ!!」

「バンザーイ!!　バンザーイ!!」

「……ちょっと恥ずかしいかも」

リカがぽつりと呟《つぶや》いた言葉に、和人は同意するように頷《うなず》いた。

たかが旅行に行くだけだというのに、これではまるで出征兵士の見送りである。

見送られる側で、この壮大なる送別の儀を喜んでいるのは、一緒になって万歳しているワるきゅーレぐらいなものだろう。

「リカ様、バ――」

「さ、真田《さなだ》さん……もう、そのへんでいいってば」

更に続けようとする真田さんを、和人《かずと》は慌《あわ》てて止めた。

放っておけば、延々と続きそうだ。

「もう、よろしいのですか？」

「十分です」

和人はガクガクと頷《うなず》き、一刻も早く出発しようと荷物を持ち上げた。

すでに、一体何事か……と近所の人が集まり始めているのだ。こんなところでグズグズしていたら、とんでもなく恥ずかしい目に遭《あ》うような気がする。

「い、行こう……リカ」

「うん。ほら、行くよ、ワるQ」

「あうー、待ってぇ」

拍手に見送られ、表通りまで急ぎ足で駆け抜けた時。

ちょうど通りかかったふたりの人物――秋菜《あきな》とハイドラが、飛び出してきた和人たちを見て不思議そうな表情を浮かべた。

「どうしたの、和人？　こんな朝早くから……」

秋菜は首を傾《かし》げながらそう尋ねると、勢揃いして「蛍の光」を合唱している侍女《じじょ》部隊と和人を交互に見比べた。

七村《ななむら》秋菜は、時乃湯《ときのゆ》のすぐ近くにある七弧《ななこ》神社の娘だ。

和人の幼なじみでもあり、面倒見のいい女の子である。

「いや……それがさ……」

侍女部隊をチラリと見て、和人はどう言って説明すればよいのか悩んでしまった。

「またワるきゅーレがなにかやったのか？」

そう尋ねたのは、秋菜と同行していたハイドラだ。

一見子供に見える彼女も、実はワルキューレを連れ戻しにやって来たヴァルハラ皇家の皇女《おうじょ》……らしい。

だが、その手段があまりにも強引であったために、巫女《みこ》でもある秋菜によって封印されてしまい、ワるきゅーレと同じように子供の姿になってしまったのだ。

乗ってきた円盤も故障して、戻るに戻れなくなった彼女は、それ以降ずっと秋菜の家に居候《いそうろう》を決め込んでいるのである。

「見送りがハデになっただけなのよ」

和人に代わって返事をしたリカは、呆《あき》れたように首を振った。

「見送りって……どこへ行くの？」

「うん、実は……」

「おんせんだよ～」

和人《かずと》が口を開く前に、今度はワるきゅーレがウキウキとした表情で答えた。

「温泉？」

「あのね、秋菜《あきな》ちゃん……」

今ひとつ事情が飲み込めていないことを察したのか、横にいたリカが補足するように、福引きで宇宙旅行が当たったことなどを説明した。

「ふ～ん、福引きでねぇ」

「へー、いいよなぁ。オレも温泉に行きたいぜ」

黙って話を聞いていたハイドラが、ぽつりと呟《つぶや》くように言う。

「ガンデスリゾート惑星って、確か最高の施設と最新の設備で有名なところだろ？」

「うーん、どんなところかは具体的に知らないんだ……そうなのか？」

と、和人はリカに話を振った。

今回の旅行に関して、和人は行くと決めただけで、旅客船の予約やその他の細かいことは、すべてリカが取り仕切っているのである。

「結構ゴージャスなところみたいよ。まあ、おみやげを楽しみにしてて」

「言っとくけど、ガンデス饅頭《まんじゅう》だけはやめてくれよ」

観光地の饅頭にはろくなものがない……と、ハイドラは渋い顔をした。

「ま、憶えておくわ」

リカは苦笑しながら答えると、

「お兄ちゃん、そろそろ時間が……」

と、腕時計を見た。

宇宙旅客船の時間は決まっているので、乗り遅れたりしたら大変なことになってしまう。

「ああ、分かった。じゃあな、秋菜」

「う、うん……あ、和人っ」

リカの方へと戻っていこうとした和人は、秋菜の声につと足を止めた。

「ん……？」

「あ、いえ……その……」

秋菜は困ったように言葉を詰まらせた。

思わず声を掛けてしまったが、別に用事があったわけではないのだ。

ワるきゅーレと共に出掛ける和人の姿を見ていると、なんとなく複雑な心境になって、
つい呼び止めてしまっただけなのである。

別に、旅行に出掛ける和人たちが羨《うらや》ましいわけではない。

ただ……当然のように、和人と一緒にいられる立場のワるきゅーレが羨ましかったのだ。

「なんだい？　おみやげのこと？」

「べ、別になんでもないわ。気を付けて……」

「ああ」

めずらしく曖昧《あいまい》に言葉を濁《にご》す秋菜《あきな》を見て、和人《かずと》は少しだけ戸惑《とまど》ったような表情を浮かべたが、軽く手を振ってワるきゅーレの隣へと走っていった。

「ふう……」

ふたりが並んで歩く姿を見つめながら、秋菜はそっと溜め息をつく。

和人の隣を歩くのは、幼い頃《ころ》からずっと自分であったはずなのに、いつからこうなってしまったんだろう……と。

「あたしも和人と一緒に旅行に行きたいなー、ってか？」

「な……っ!?」

ハイドラの言葉に、秋菜はドキリとして彼女を見た。

秋菜の和人に対する想《おも》いを察しているハイドラは、ニヤニヤとした笑みを浮かべている。

「まあまあ、みなまで言うな」

そう言って、ハイドラは慰《なぐさ》めるように秋菜をポンポンと叩いた。

「あ、あたしは別に……」

「そのうち秋菜にもチャンスはあるって」

「だからっ、あたしは別になにも言ってないでしょっ」

「うんうん……乙女心は複雑だねぇ」

「…………………」

図星であるが故に言い返すこともできず、ムッとした表情を浮かべた秋菜は、ハイドラのからかうような言葉を無視して歩き始めた。

「あれ……おい、方向が違うぞ。朝飯の材料を買いに行くんじゃないのかよ？」

「今日は朝ご飯なしっ!!」

「えーっ、そりゃないだろうっ!?」

ハイドラは悲痛な声を上げる。

だが、秋菜は振り返りもせずに、今来た道をスタスタと戻り始めた。

「あ〜あ……余計なこと言うんじゃなかったぜ」

そう呟《つぶや》いた途端、腹がグーッと音を立てた。

ハイドラは、秋菜を怒らせてしまったことを心の底から後悔した。

第二章　宇宙旅客船襲撃さる

1

和人《かずと》たちを乗せた宇宙旅客船は、定刻通りに第三羽田《はねだ》空港を出発した。

メキュラウル経由の惑星ガンデス行き。

目的地がリゾート惑星とあって船内はほぼ満席状態だったが、その乗客は地球人宇宙人を問わず、ほとんどが老夫婦だ。

和人たちのように若く、ましてや子供連れの客など他《ほか》にはほとんど見られない。

「なんだか、お年寄りが多いね」

「あたりまえじゃない」

和人の素朴な疑問に、リカは当然という顔をした。

「目的地は高級リゾート惑星よ。招待でもされない限り、あたしたちのような庶民が簡単に行ける所じゃないんだから」

「へえ……そうだったのか」

言われてみれば、確かに裕福そうな身なりをした客が多い。

「保養地としても有名だから、年寄りが行くにはもってこいの場所よ」

「なるほどね」

さすがに有名な温泉があるだけのことはある。

リゾート惑星とはいっても、おそらく若者向けのスポットが少なく、中高年をターゲットにしたものなのだろう。

「そんな場所に行って、退屈しないかな？」

「あのねえ、旅行っていうのは慌《あわ》ただしく観光するばかりじゃなくて、のんびりと過ごすことにこそ意義があるのよ」

リカはしたり顔で言った。

まるで旅慣れた通《つう》のような台詞《せりふ》だが、確かにその通りかもしれない。

特にこのところ、なにかとドタバタとする日々か続いていたので、たまにはなにも考えずにぼんやりと過ごすのもいいだろう。

——もっとも、静かに過ごせれば……だけど。

和人は隣の席で窓の外を眺めているワるきゅーレに視線を向けた。

今のところはおとなしくしているが、またどんなことをしでかすかと思うと、なんだか気が気ではない。

「まあまあ……」

と、リカが和人《かずと》の心情を察したように苦笑する。

「せっかくの旅行なんだから、そんなに気ばっかり使わないで、少しは楽しんだら?」

「……そうだな」

確かにリカの言う通りだ。いくらトラブルメーカーのワるきゅーレでも、毎日のように騒ぎを起こしているわけではないのだ。

和人が溜め息をついてシートに身体《からだ》を預けると、

「本日はガンデス宇宙航空をご利用頂き、まことにありがとうございました」

と、軽やかな音楽と共に船内アナウンスが流れ始めた。

三列シートに並んで座っている和人たちの少し前方に、航空会社の制服を着た客室乗務員がマイクを持ったまま乗客に笑顔を向けている。

「本船はこれよりリゾート惑星、ガンデスへ向けて二十三時間の航行を致します」

「二十三時間……」

和人はうんざりしたように顔をしかめた。

それだけの時間をずっと座っていなければならないと思っただけで、なんだかもう肩が凝《こ》ってきそうだ。

「それだけ遠いってことでしょ」

「……そうだな」

和人の祖父の時代は、地球の中を移動するだけで、もっと多くの時間が掛かったというから、それだけ便利な時代になったといえるのだろう。

「お楽しみは機内食よ。ガンデス宇宙航空は食事がいいので有名なのよ」

「へえ……」

「オー・クラクラホテルと同じ料理が出るんですって」

リカは嬉々《きき》として言った。

旅行の手配をしながら、旅客船やリゾート惑星に関する資料や情報誌を読み漁《あさ》っていただけのことはある。今回の旅行については、しっかりと予習済みのようだ。

「ねー、ワルちゃん、お腹空《す》いたよ〜」

それまでずっと静かだったワるきゅーレが、和人に訴えるように口を開いた。

「ご飯はもう少し先みたいだから、それまで我慢しててくれよ」

「え〜っ!?」

ワるきゅーレは不満げな声を上げた。

「そうだ、お菓子はどうしたんだ？」

和人は思い出したように訊《き》いた。

確か昨日、真田《さなだ》さんからお小遣いをもらって買いに行ったはずだ。

「もうシロと一緒に食べちゃったもん」

「え……もう？」

「だって少ないんだもん」

「今時、三百円分じゃねえ」

プッと頬《ほお》を膨らませたワるきゅーレに、リカが同情するように言った。

どこで聞いてきたのか、真田《さなだ》さんは「お菓子は三百円まで」という鉄則を信じ込んで、それ以上は許さなかったらしい。

「でも、おやつに入らないバナナがあっただろう」

「それも食べちゃった」

ワるきゅーレはしれっと答えた。

どうりでおとなしかったはずである。まだ家を出てからわずかな時間しか経《た》っていないというのに、すでに手持ちの食料はすべて食べ尽くしてしまったようだ。

「じゃあ、我慢するしかないな」

「ううっ、お腹空《す》いたよぉ～」

「そんなこと言ったって、ここには売店もないし……」

どうやってなだめようかと和人《かずと》が困惑の表情を浮かべた時。

「よろしかったら、これをどうぞ」

と、目の前に一枚のチョコレートが差し出された。

和人が顔を上げると、そこには先ほど船内アナウンスをしていた客室乗務員の女性が、これ以上はないというほどの営業スマイルを浮かべている。

「あ……ど、どうも」

「わーい、ちょっこれーとだっ!!」

ワるきゅーレは嬉しそうに女性からチョコを受け取った。

「食事まで、まだ二時間ほどありますので」

「すいません。えっと……」

「客室乗務員のスッチーです」

女性はそう言って微笑《ほほえ》んだ。

頭に山羊《やぎ》のような角《つの》があるところを見ると、どうやら地球人ではないようだが、かなりの美貌《びぼう》の持ち主である。

伝統的に客室乗務員というのは美女が多いらしい。

「ねえ、かずとー、これなーに?」

さっそくチョコを食べていたワるきゅーレが、窓のそばについている赤いレバーを指差しながら訊《き》いた。今まで気付かなかったが、よく見ると座席の横には「非常用」と書かれたドアのようなものがある。

「さあ?　乗降用のドア……じゃないよな」

「それに触ってはいけませんっ!!」

和人《かずと》が首を捻《ひね》っていると、不意にスッチーが声を上げた。

「それは非常用の脱出レバーです」

「脱出レバー?」

「この旅客船の左右には、合計八つの脱出用ボートが備え付けられているのです。それを作動させるレバーですわ」

「旅客船が故障した時とかの?」

「ええ、ここから脱出ボートに直接乗り込めるようになっているのです」

「退避用……というわけですか」

「左様《さよう》ですわ」

スッチーは大きく頷《うなず》いた。

「普通はその場に漂って救助を待つものなのですが、我が社のボートは搭載されたコンピュータが、自動的に近くの有人惑星に向かうよう設定されております」

「へえ……」

和人は感心したように頷いたが、宇宙を初体験する身としては、それがどれほど凄《すご》いことなのかはあまりピンとこなかった。

「まあ、そのような事態はあり得ないでしょうけど」

「事故はあり得ないってことですか?」

「左様《さよう》でございます。我がガンデス宇宙航空は、創設以来の無事故を誇《ほこ》っているのです」

「ねえねえ」

自慢げに胸を反り返らせたスッチーの肘《ひじ》を、リカがチョンチョンとつついた。

「事故はともかく、船内で犯罪行為があったことは?」

「無論、犯罪なども起こったことがありませんわ」

「じゃあさ、もし起きちゃった場合はどうするの?」

「その場合は、我々ガンデス宇宙航空の優秀な乗務員が、身体《からだ》を張ってでもお客様の安全をお守りすることになります」

「ふーん。じゃあ、あれもなんとかしないと」

と、リカはスッチーの背後を指差した。

スッチーがリカに示された方を振り返ると、そこでは突然席から立ち上がった男が、近くにいた中年男性に出刃包丁を突きつけているところであった。

2

「オラオラッ、静かにしやがれっ!!」

体格のよいプロレスラーのような男が、中年男性を背後から羽交《はが》い締《じ》めにしたまま、周囲の乗客を恫喝《どうかつ》するように声を張り上げた。

同時に別の場所にいたもうひとりの男が立ち上がり、

「今からこの旅客船は、俺たち『赤い牙』の支配下となるっ」

と、宣言するように叫んだ。

こちらの男は少し痩《や》せ形だが、やはり出刃包丁を手にしている。

「は？」

その光景を見て、スッチーは目を点にした。

本来はあり得るはずのない事態が目の前で展開され、一瞬、なにが起こっているのか分からなかったようだ。

「おとなしくしていれば命まではとらねぇ」

男は中年の男性を人質《ひとじち》にしたまま、乗客たちに向かって吠《ほ》えるように言った。

「……非常事態のようですね」

「あああああっ……そ、そんなことあり得ませんわッ」

和人《かずと》がぽつりと呟《つぶや》くと、スッチーはすべてを否定するように首を振った。

「でも、現実に起こってますよ」

「伝統あるガンデス宇宙航空が、あんなハイジャッカーに占拠されるなど……こ、これは夢だ夢だっ!!　覚《さ》めろ覚めろ覚めろっ!!」

　スッチーは現実逃避するかのように、ポカポカと自分の頭を叩いた。

「うるせぇっ!!　少しは静かにしやがれっ!!」

「はうっ」

　男に一喝《いっかつ》され、スッチーはビクリと身体を震わせた。

「おまえ、乗務員だな？」

「は、はあ……」

「だったら、ひとりで騒いでないで、さっさと乗客を落ち着かせるよう努力しろよ」

「すいません」

　男に諭《さと》され、スッチーはペコリと頭を下げた。ハイジャッカーに説教される客室乗務員というのもめずらしい。

「少しは反省したか？」

「は、はい……それはもう」

「よし、じゃあちょっと来い」

「は？」

「やっぱり人質《ひとじち》は男よりも女の方が絵になるってもんだ。このオッサンの代わりにお前を人質にするから、こっちに来やがれ」

「わ、私をですか？」

スッチーは驚いたように自分を指差した。

「他に誰《だれ》がいるって言うんだ？　早くしろよっ」

「で、でも……私はその……あああっ、目眩《めまい》が……」

スッチーは急によろよろとその場へと崩れ落ちた。

「ちょっと、身体を張ってでも乗客を守るんじゃなかったのっ⁉」

非常事態にまったく役に立たないスッチーを見て、リカは呆《あき》れたような表情を浮かべた。

「チッ……じゃあ、お前が来い」

男は忌々《いまいま》しそうに舌打ちすると、代わりにリカを指名した。

「あたし？」

「他にいないんだから、仕方ないだろ」

あくまで人質は女性……というのが男の信念らしい。

周りには他に女性もいるのだが、すべて「過去は女性だった」という者たちばかりなので、男が考える条件には適していないのだろう。

「分かったわよ……行けばいいんでしょ」

リカは面倒くさそうに座席から立ち上がった。

「お、おい、リカ⁉」

自ら人質《ひとじち》になろうとするリカを、和人《かずと》は慌《あわ》てて止めた。

「大丈夫よ。あんなセコイ男にあたしがやられるわけないじゃない」

「セコイだとぉ!?」

男は憤慨《ふんがい》したような声を上げたが、リカが席を立って近寄っていくと、急いで中年男性を解放して彼女をその代わりとした。

その様子を見届けると、もうひとりの男が再び声を上げる。

「もう一度言う!! 俺たちはテロ組織『赤い牙』のメンバーだ。今から金目のものを徴収するっ。おとなしく有り金すべてを出してもらおう」

テロ組織と言いながらも、男たちのしていることは単なる強盗に過ぎない。

「せっこいテロリストね……」

リカは呆《あき》れたように傍《かたわ》らの男を見た。

「うるせえなっ!!」

「それに、なんで今時武器が包丁なのよ? せめて銃くらいは用意できなかったわけ?」

「自慢じゃねえが、そんな金は我が組織にはないのだ」

「確かに自慢するようなことじゃないわね」

「いいだろうがっ、どんな武器を使おうと」

「そりゃいいけどさ……」

　リカは溜め息をつく。

「せめてマスクくらいはして欲しいわよね……不細工な男に身体《からだ》を触られるなんて、あたしの美学に反するんだけど」

「うわーん、アニキ～っ」

　男は泣きそうな顔になって、もうひとりの男を呼んだ。

　どうやら、そちらの方が兄貴分らしい。

「なんだよっ!?　こっちは忙しいんだ」

「オレ、こんな人質イヤだよぉ……」

「好き嫌い言うなっ」

「だって～」

「じゃあ、ガキの方にすればいいだろ」

　ガキ……というのは、ワるきゅーレのことだろう。

　アニキと呼ばれた男は金を集めるのに忙しく、それどころではないという感じだ。

「そっちのガキ、こっちに来い」

　男は言われた通り、今度はワるきゅーレを人質にしようと声を掛けた。

　だが……。

「イヤッ!!」

男の命令をあっさりと拒否し、ワるきゅーレはプイッと横を向いた。

「ワルちゃん、行かないもんっ」

「じゃあこいつがどうなってもいいのかよっ」

男はそう言ってリカの首筋に出刃包丁の先端を向けた。

「知らないもんっ」

「ち、ちょっとワるＱっ‼」

リカが悲痛な声を上げたが、ワるきゅーレに道理が通じるはずもない。彼女にとって重要なのは好悪《こうお》だけなのである。

「ワルちゃんは、和人《かずと》のそばがいいの」

「お、おい……ワるきゅーレ」

ギュッとしがみついてくるワるきゅーレに、和人は困惑した表情を浮かべた。

テロリスト（自称）たちにワるきゅーレを渡すことなどできないが、かといってリカを見捨てることもできない。

「あ、あの〜」

和人は考えたあげく、おずおずと男に声を掛けた。

「なんだよっ」

「僕が人質《ひとじち》というわけにはいきませんか？」

「男はイヤだって言ってるだろっ」

「わがままねぇ」

地団駄《じだんだ》を踏む男を、リカが軽蔑《けいべつ》するような目で見つめた。

「とにかくっ、こっちに来いガキっ」

いい加減に焦《じ》れたのか、男はリカを伴ったまま和人たちの席に近付くと、強引にワるきゅーレの首根っこを捕まえて引き寄せようとした。

「いやーっ!!　かずとーっ!!」

「や、やめてくださいっ!!」

反射的にワるきゅーレの身体《からだ》を抱えた和人は、男と取り合うような形で対峙《たいじ》した。

「さっさとこっちに寄越しやがれっ」

「そんなわけにいかないでしょっ!!」

まるで綱引きのようにワるきゅーレを取り合う和人と男。その均衡《きんこう》を破ったのは、ワるきゅーレの背負ったリュックにいたシロであった。

シロはリュックを飛び出すと、

「いいかげんにしねえかっ!!」

と、いきなり男の顔をめがけて襲い掛かったのである。

「うわわっ!!」

まさか、リュックからなにかが飛び出してくるとは思わなかったのだろう。男はシロに飛び掛かられて、思わずワるきゅーレを掴《つか》んでいた手を離した。

「わあっ!!」

「あうっ!!」

バランスを崩した和人《かずと》は、ワるきゅーレと抱き合うかのように船内の床に倒れ込んだ。その拍子《ひょうし》にワるきゅーレの小さな唇《くちびる》が、和人のそれに重なる。

途端——。

船内は光の渦《うず》に包まれた。

3

「なんだっ!?」

突然出現したまばゆい光に、テロリスト（自称）の男たちは慌《あわ》てて両目を覆《おお》った。

船内に突如として出現した光はみるみるうちに広がっていき、その中心では童女であったワるきゅーレが、天女のような姿へと変貌《へんぼう》を遂げようとしていた。

光が彼女の輪郭《りんかく》をなぞるように走り抜けると、短い手足がしなやかに伸び、薄い胸が豊かな膨らみへと変わる。

可愛い童女が、美しい女性へと劇的に変化していくのだ。

魂の半分を和人《かずと》に与えてしまったために、子供の姿になってしまったワるきゅーレ。だが、魂を共有する和人との心が真に通い合った時、キスをすることよって、彼女は本来の姿を取り戻すことができるのである。

「ワルキューレ……」

光の中から姿を現した美女を見つめ、和人はしばし呆然《ぼうぜん》とした。

もう、すでに何度か真のワルキューレの姿を見ているというのに、その美しさには思わず見とれてしまいそうになる。

「な、なんだ……お前はっ!?」

突然現れたワルキューレに、テロリスト（自称）たちは驚愕《きょうがく》した。

まさか幼い子供が変身したとは思わなかったのだろう。彼らの目には、ワルキューレがいきなり出現したようにしか映らなかったに違いない。

ワルキューレは男たちを見つめると、無言で手にしていた剣を振り上げた。

両側に羽のある独特の形をした剣だ。

「禍々《まがまが》しい鋼《はがね》よ、散じて光の粒子へと帰せ!!」

凛《りん》とした言葉がワルキューレの唇から放たれた途端——。

船内に再び目の眩《くら》むような光が満ち、テロリスト（自称）たちの持っていた包丁が、さらさらと砂のように消滅した。

「なっ……」

男たちは消えゆく包丁を唖然《あぜん》と見つめる。

一体、なにが起こっているのか、まるで分からないという表情だ。

「おおっー」

乗客たちの間から、感嘆する声と同時にまばらな拍手が聞こえてきた。

もしかすると、すべて宇宙航空会社が企画した余興だと思っているのかもしれない。

「武器はなくなりましたよ。おとなしく降伏しなさい」

「ううっ……」

「ア、アニキ〜っ」

ワルキューレが諭《さと》すような声で告げると、男たちはガックリとその場に膝《ひざ》をついた。

単に抵抗されただけなら対処することもできたのだろうが、こうまで不思議で圧倒的な力を見せつけられてはどうすることもできない。

男たちが諦《あきら》めた表情を浮かべた時。

「その通りよっ」

と、いつの間にか復活したスッチーが居丈高《いたけだか》に声を上げた。

「罪のない旅行客を脅すとは言語道断!!　悪逆無道!!」

あっという間に自分たちを追い込んだワルキューレが相手ならともかく、今まで乗客を見捨てて失神していたスッチーに言われたのでは立つ瀬がない。

「な、なんだ、てめえはっ」

「ガンデス宇宙航空の客室乗務員、スッチー!!」

別に男は名前を訊《き》いたつもりはなかったのだろうが、スッチーは高々と名乗りを上げた。

「おおーっ」

と、再び乗客たちから拍手が起こる。

「この私が星に代わってお仕置きよっ」

そう叫ぶやいなや、スッチーは船内の床を蹴《け》って飛び上がると、兄貴分の男にいきなり膝《ひざ》蹴りを食らわせた。

げしっ!!

顎《あご》に蹴りを受けた男は、その衝撃で船内通路をゴロゴロと転がる。

スッチーは瞬時の間も置かず、もうひとりの男の元へと風のように移動すると、

「オラオラオラオラオラオラッ!!」

と、顔面に向けて拳《こぶし》の連打《ラッシュ》を叩き込み始めた。

破壊力のありそうな拳が、目にも止まらぬ早さで男の顔面を無惨に変えていく。

「オラァ!!」

フィニッシュとばかりにスッチーが最後の一撃を加えると、男は船内を大きく飛んで、通路の床へ大の字になって沈み込んでいった。

「……相手が無抵抗になった途端、強気になったわね」

その光景を唖然《あぜん》と見つめていたリカが、ぽつりと呟《つぶや》くように言った。

「ご協力を感謝します」

ふたりの男をロープでぐるぐる巻きにして拘束した後。

和人《かずと》と元の子供の姿に戻ってしまったワるきゅーレに対し、スッチーは警察官のように敬礼しながら謝意を述べた。

「ご協力もなにも、全部ワるQがやったことじゃない」

「おほほほっ」

リカのツッコミを笑って誤魔化《ごまか》すと、スッチーは改めてワるきゅーレを見た。

「この娘《こ》があのような力を秘めているとは、思いもしませんでしたわ」

「つまり、失神していたのはウソだったわけね」

「おほほほっ」

スッチーは再び笑って誤魔化《ごまか》す。

「まあ……とにかく、誰も怪我《けが》がなくてよかったよ」

和人《かずと》はホッとした表情で言った。

ドジな男たちで助かったが、ひとつ間違えればどうなっていたか分からないのだ。

「いざとなれば、脱出ボートで乗客を避難させるという方法もございましたけど」

「ああ、これのことね」

と、リカはさっき説明を受けた赤いレバーを指差した。

「そういえば、そのお嬢さんが男に襲われた時、なにかがリュックから飛び出してきたような気がしたのですが……あれは？」

「あ……ああ、あれはその……」

和人は思わず言葉に詰まってしまった。

まさか、搭乗券も持たずに乗り込んでいる宇宙人だとは言えない。

どうやって誤魔化すかを必死になって考えていると、

「シロだよー」

と、ワるきゅーレがスッチーにリュックを差し出した。

「護身用のアイテムかなにかですか？」

「あ、いや……それは……」

和人が慌《あわ》てて止めようとした時。

リュックから、シロがひょっこりと顔を出した。

「ヒッ……!!」

最初からどのようなものが入っているのか説明していれば、和人たち以上に宇宙人と接しているはずのスッチーは、決して驚くことはなかっただろう。

だが、それはあまりにも突然すぎたようだ。

「ひゃああっ!!」

スッチーは驚きのあまり、それを咄嗟《とっさ》に払いのけた。

ワるきゅーレの体重が軽かったのか、それともスッチーの力が強かったのか。

原因がどちらにあるのか分からないが、ワるきゅーレはリュックごとスッチーによって弾《はじ》き飛ばされた。

「あうっ!!」

機内の内壁まで飛んだワるきゅーレに怪我はなかったが、その衝撃で壁についていたレバーにぶら下がる形になってしまった。

ガコッ!!

ワるきゅーレの体重で、レバーが引き下げられる。

「……っ!?」

レバーの枠にあったランプが点滅すると同時に、座席の横にある非常用のドアがゆっくりと開き始めた。多少の気圧差があるせいか、開きつつあるドアの隙間《すきま》からは、船内のものを吸引するかのような風が巻き上がる。

「あわわわっ」

「ワるきゅーレっ!!」

和人《かずと》は慌《あわ》てて駆け寄ると、バランスを崩して脱出ボートへ転がり落ちそうになっているワるきゅーレの身体《からだ》を捕まえた。

が――。

「うわっ……」

あまりにも急いでいたために、ワるきゅーレを捕まえた和人自身がバランスを失ってしまったのだ。片手でドア枠を掴《つか》んで辛《かろ》うじて転落を防いでいるが、このままだと落下してしまうのは時間の問題である。

「お、お兄ちゃんっ!!」

反射的にリカが手を差し伸べた。

船内とボートの気圧が原因なら、少し耐えていれば収まるはずだ。

その間だけでも和人を支えようとしたのだが、小柄なリカはあっという間に吸引するような風に巻き込まれ、かえって和人の身体を押すような形でぶつかっていった。

「うわわっ!!」

「きゃあああっ!!」

三人はもつれるように脱出ボートへと転がり込む。

元々船内からの脱出用に作られているために、連絡通路はなだらかな滑り台のようだったが、落差があるために衝撃はかなりのものだった。

「あうっ〜」

「痛たたた……」

「もう、なんでこんな目にっ」

幸いなことに怪我もなく、三人は同時に立ち上がった。

脱出ボートの内部は当然ながら旅客船よりもかなり狭く、二、三十人が入れば一杯になってしまいそうなほどの広さしかない。先端部にコクピットと思われるシートとコンソールパネルが見えるが、それ以外はすべて簡易式の座席になっていた。

「まさか、こんな所を見学できるとは思ってもみなかったな」

「なにを悠長《ゆうちょう》なこと言ってるのよっ、早く旅客船に戻らないと……」

と、リカがそこまで言った時——。

プシューッ!!

脱出ボートのドアが、音を立てて閉じられた。

「ちょっと、ドアが閉まっちゃったわよ」

リカは慌《あわ》てて、ドアの取っ手を力任せに引いた。

だが、頑丈なドアはビクともしない。

「ダメだ……ロックされてるみたいだ」

和人《かずと》が代わっても、結果は同じであった。

『非常事態発生、脱出ボート射出シマス』

「え……?」

コンピュータの声らしき合成音声が聞こえてくる。

「なんかいっぱいでてるよー」

コクピット部分にあるコンソールパネルを見つめていたワるきゅーレが、そう言いながら不思議そうに首を傾《かし》げた。

「ど、どういうことよっ!?」

駆け寄ったリカが、パネルを覗《のぞ》き込んだ。

ディスプレイにはなにやら多くの文字が表示されているが、宇宙語を織り交ぜてあるので、なにを意味しているのかさっぱり分からない。

「もーっ、どうなってるのよ、これ」

「そういえば、コンピュータが全自動で……」

と、和人がスッチーの言葉を思い出した時。

ドドドド!!という大きな音と共に、激しい振動が和人たちを襲った。

「うわっ!!」

「キャッ!!」

手近なシートにしがみついて衝撃に耐えていると、数秒後には軽い浮遊感を感じた。

「あー、なんだか遠くにお船が見えるー」

「なんですってっ!?」

窓の外を見ていたワるきゅーレの言葉に、リカは悲鳴のような声を上げた。

コンソールパネルの端にも、おそらく船外の様子を写したカメラの映像だろう——今まで和人たちが乗っていた宇宙旅客船が、徐々に小さくなる様子が映し出されている。

『本船ハ、旅客船ヲ離脱シマシタ』

「あああ……旅客船が離れていくぅ～」

リカはペタリと床に座り込んだ。

『本船ハ、近クノ有人惑星ニ向ケテ航行シテイマス』

コンピュータの言葉に、リカはキッとパネルを睨《にら》みつけた。

「間違いなく、人のいる場所に向かってるんでしょうね？　辿《たど》り着いた先がド辺境だったりしたら承知しないわよっ!!」

『…………………』

「なんとか言いなさいよっ」

『我ガガンデス航空ハ永遠ニ不滅デス』

「あああっ……」

不安げなコンピュータの答えに、リカは思わず頭を抱えた。

4

地球時間午後三時三十分——。

時乃湯《ときのゆ》の掃除などを一通り済ませた真田《さなだ》さんは、後のことを侍女《じじょ》部隊に任せ、開店時間までのわずかな休息を取っていた。

「……静かですわね」

時野家《ときのけ》の居間でお茶をすすりながら、真田さんはぽつりと呟《つぶや》く。

普段であれば、騒ぎまわるワるきゅーレとそれをなだめようとする和人《かずと》、そしてそのやかましさにリカが怒鳴り声を上げている頃だ。

それら騒音の原因となるすべての人々が留守にしているだけあって、時野家はまるで別世界のように静寂に満ちている。

「でも、あまり静かでも落ち着かないものですわね」

真田さんは手近にあったリモコンで、テレビの電源を入れた。

『ニュースをお知らせします』

ちょうどニュースが始まる時間だったらしい。

別に観たい番組があったわけではなかったので、真田さんはそのままニュース画面をぼんやりと眺めることにした。

『宇宙時間の午後二時十五分頃、ガンデス宇宙航空の宇宙旅客船一一九便が『赤い牙』を自称するテロリストによってハイジャックされたとの報告が入ってきました』

「まあ、物騒な話だこと」

お茶請《ちゃう》けのおせんべいを囓《かじ》り、真田さんは人ごとのように呟《つぶや》く。

だが――。

『この旅客船は高級リゾート惑星、ガンデスへ向かう途中……』

「はて……?」

聞き覚えのある単語に思わず首を捻《ひね》った。

「ガンデスって、どっかで聞いたことがあるような」

それも、つい最近聞いたばかりのような気がするのだ。

「ガンデス……ガンデス……?」

記憶を辿《たど》るように目を細めた真田《さなだ》さんは、ふとテーブルの上に置いてあった旅行パンフレットに気付いた。それを見た途端、サーッと顔から血の気が引いていく。パンフレットにはリカが書き込んだと思われるメモが残されていたのだ。

ガンデス宇宙航空、一一九便……と。

「ち、ちょっと!!　乗客はどうなったんですかっ!?」

ちゃぶ台を踏み越えてテレビの前まで駆け寄ると、真田さんはテレビ本体の両側を鷲掴《わしづか》みにしてガタガタと揺すった。

『それ以上の詳しいことは分かっておりません』

「なんですってぇ〜っ、それで報道の役割が果たせると思っているんですかっ」

『では、次のニュースです』

「誤魔化《ごまか》すなぁーっ!!」

無論、テレビを脅しても返事が返ってくるはずはない。

「ああっ……姫様っ!!　どうしたら……どうしたら……」

真田さんは立ち上がると、室内をうろうろと歩きまわった。

非常事態であることははっきりと分かっているのだが、あまりにも突然すぎたために思考が混乱して、なにをすればいいのか分からなくなってしまったのだ。

「そうですわっ、私も現地へ!!　……って、ああっ!!　今からでは宇宙船の手配がぁ」

思わず頭を抱えて苦悩のポーズを取った時、

「真田さんっ!!」

と、庭の方からガラス窓を叩く音が聞こえてきた。

見るとハイドラを連れた秋菜《あきな》が、悲愴《ひそう》な顔で真田さんの方を見つめている。

「あ、ああ……秋菜さん」

真田さんはガラス窓を開けると、

「今……テレビで姫様方の乗った宇宙旅客船が……」

と、うろたえた声で言った。

「私も観てました」

秋菜は何度も頷《うなず》きながら言った。

巫女《みこ》の衣装を身に纏《まと》ったままのところからすると、家の手伝いをしている途中でニュースを知り、とにもかくにも駆けつけてきたらしい。

「なんとか詳しいことを知る方法はないの？」

「現状ではとても……姫様の円盤も動きませんし……」

その真田さんの言葉を聞いて、秋菜はなにか思いついたように、ハッと背後にいたハイドラを振り返った。

「あんたの円盤は!?」

「え?」

「うちの神社のオブジェじゃないんだから、動かすことはできるんでしょ?」

地球にやって来たハイドラの円盤は、時乃湯《ときのゆ》のワルキューレの円盤と同様に、七弧《ななこ》神社に突き刺さったままなのである。

「む、無理だよ……だって故障してるんだぜ」

「そんなの直せばいいじゃないっ」

「そんな簡単に直せるもんじゃないんだよっ」

秋菜《あきな》とハイドラのやりとりを聞きながら、真田《さなだ》さんは沈痛な表情を浮かべて俯《うつむ》いた。

ワるきゅーレが本来の姿であったなら、これほど深刻な衝撃は受けなかったに違いない。

ヴァルハラ星の皇女《おうじょ》として、彼女にはそれなりの力が備わっているからである。

だが、和人《かずと》に魂を半分渡した状態では、ワるきゅーレはただの童女と変わりないのだ。

ヴァルハラ星に連絡して、なんとかしてもらうべきだろうか……と、真田さんは真剣に考えた。仮にも皇女の身に危険が迫っているのだから、なんらかの手段を講じてくれることは間違いないだろう。

けれど、それではあまりにも時間が掛かりすぎる。

「ああっ……どうしたら……」

真田さんが再び頭を抱えた時。

キイイインッ!!

と、上空から巨大なものが落下してくる音が響いてきた。

「……ん？」

その音に、秋菜はふと空を見上げる。

はるか上空からは、まるで酔っぱらい運転のようにフラフラと迷走する円盤が、秋菜たちの方へと落下してくるところであった。

「あ、あれは……」

「……なんだか見覚えのある円盤ですね」

真田さんがそう呟《つぶや》くと同時に、円盤はハデな地響きと共に時乃湯《ときのゆ》の庭先へと墜落した。

秋菜たちが落下してきた円盤のそばまで行くと、もうもうと立ちこめた土煙の向こうでハッチが開き、ひとりの少女が姿を現した。

「ここはどこですの？」

円盤からひょっこりと顔を出したのは、ライネという少女である。

ワるきゅーレやハイドラと同じような格好をしているが、それもそのはず、彼女もヴァルハラ星の皇女のひとりなのだ。

ハイドラと同様に、ワルキューレを追って地球にやって来て以来、時々思い出したように時乃湯にやって来るのだが、どうも円盤の操縦が苦手らしく、来るたびに墜落騒動を引き起こしている。

「ライネ……」

「まあ、どこかで見たことがあると思ったら、ここは和人《かずと》様のお家《うち》ではありませんか」

「おい……」

呆然《ぼうぜん》としていた秋菜《あきな》を、ハイドラが肘《ひじ》で小突《こづ》いた。

「円盤が来たぞ」

「はっ……!!」

「そうですわっ、ライネ様の円盤さえあれば!!」

ようやく解決策を見つけたとばかりに、真田《さなだ》さんはパンと手を叩いた。

「な、なんですか？　和人様は……」

「いいから、そこを退《ど》いてくださいなっ」

ライネを引きずり降ろすと、真田さんは真っ先に円盤に乗り込んだ。

「あたしも行くわっ」

「お、おい……オレたちまで行くのかよ？」

「あんた、和人たちが心配じゃないのっ!?」

ハイドラが戸惑うような声を上げた途端、秋菜は憤怒《ふんど》の表情を浮かべた。

こうなっては逆らうことなどできようはずもない。

「そりゃ……分かったよ、行けばいいんだろ」

ハイドラは諦《あきら》めたように秋菜の後に続いた。

「ち、ちょっと……」

ただひとり事情の分からないライネは、次々と自分の円盤に乗り込んでいく秋菜たちを見つめ、うろたえたように説明を求めた。

「なにやってるのよっ、あんたがいないと動かないでしょ!?　早く来なさい」

「だから、これはどういうことですの？」

「いいから、早く乗って操縦しなさいっ!!」

「……は、はい」

秋菜の迫力に圧され、ライネは慌《あわ》てて円盤に駆け寄ってきた。

「恋する女は強いな……」

その様子を見ていたハイドラは、呆《あき》れたようにぽつりと呟《つぶや》いた。

第三章　見知らぬ惑星ハッチ

1

真田《さなだ》さんたちがライネの円盤を強奪していた頃。

和人《かずと》たちを乗せた脱出ボートは、とある惑星へ不時着しようとしていた。

『本船ハ有人惑星ニ緊急着陸イタシマス』

コンピュータが相変わらず無機質な音声で告げると同時に、脱出ボートは激しい振動に襲われた。おそらく大気圏内に突入したのだろうが、その衝撃は揺れる……などという生やさしいものではない。

まるでミキサーにかけられているようであった。

「あははっ、凄い〜っ」

「ワるきゅーレ、危ないからちゃんと座ってるんだ」

ひとりジェットコースターを楽しむかのようにはしゃぎまわっているワるきゅーレを、和人は必死になって座席に押し込めた。

「き、気楽でいいわよね……ワるQは……」

座席の肘《ひじ》掛けを握りしめたまま、リカは引きつった表情を浮かべ、ワるきゅーレを羨《うらや》ましそうに見つめた。

状況が分からないというのは、ある意味幸せなことだ。

頼りなげなコンピュータに誘導された脱出ボートが、まともに不時着できるのだろうかと考えただけで、リカはもうほとんど生きた心地がしなかった。

『着陸マデ後五分デス』

「ほ、本当に着陸できるんでしょうねっ!?」

『…………………』

「返事をしなさいよーっ!!」

都合が悪くなると沈黙するコンピュータに、リカは恐怖せざるを得なかった。

ボートを襲う振動は徐々に激しさを増していくし、前部にあるコクピットの計器からは、一斉にピーピーとアラーム音が鳴り響いてくる。

「ああっ……神様ッ!!」

無宗教のリカが、普段は気にも止めない神の名を口にした時、

「わあっ、樹が一杯〜っ」

と言うワるきゅーレののんびりした声が聞こえてきた。

「え……？」

思わずリカが小さな窓に視線を向けると、眼下には確かに広大な森が広がっている。

どうやら不毛の星ではないようだ。少なくとも空気くらいは存在していそうな風景に、わずかな間だけでも恐怖を忘れることができた。

だが、その森が急速に迫ってくる様子にリカは再び顔を引きつらせる。

『コレヨリ着陸シマス。衝撃ニゴ注意クダサイ』

コンピュータが告げた瞬間――。

「キャアアアッ!!」

と、リカは思わず悲鳴を上げた。

もはや不時着……というよりは墜落に近い状態である。

「きゃはははっ!!」

「ジッとしていろってばっ」

叫ぶような和人《かずと》の声と、ワるきゅーレの脳天気《のうてんき》な笑い声が聞こえてきた途端。

ズドーン!!

投げ飛ばされるかのような衝撃に襲われ、ボートは森の樹々《きぎ》をなぎ倒しながらようやく制止した。船体はもとより、船内にいた和人《かずと》たちは半死半生の状態であった。乗っていたのが非常用の脱出ボートでなければ、とっくにバラバラになっていただろう。

「……生きてるか?」

座席ごとひっくり返った和人は、絡まったシートベルトを外しながら声を上げた。

「生きてるよ〜」

すぐ隣ではケロリとしたワるきゅーレが、遊園地のアトラクションが終わった直後のような、少し物足りなさそうな表情を浮かべていた。

あれだけの衝撃を受けながらも、まったく動揺した様子はなさそうだ。

「リカ……？」

「……アア、森ガ迫ッテクル……ハウウッ……」

リカはブツブツとなにやら呟《つぶや》きながら、よろよろと座席から立ち上がった。精神的なダメージはともかく、身体《からだ》の方はなんとか無事のようである。

和人はワるきゅーレに手を貸しながら、改めて船内の様子を見まわした。

固定されていたはずの座席はバラバラになり、船体のあちこちには数多くの亀裂がある。前部のコクピットは墜落時の衝撃で、すでに原形をとどめてはいなかった。これでは再び動かすことはおろか、通信さえもできないだろう。

試しにコンソールパネルを操作してみたが、どこを触ってもまったく反応はなかった。

「仕方がない、外に出てみるか」

「でも……大丈夫なの？」

「森があるんだから、空気くらいはあるだろう」

和人《かずと》はそう言いながら、内側から蹴《け》飛ばすようにハッチを開け、ボートの船体から顔を出して辺りの様子を窺《うかが》う。

「……大丈夫みたいだな」

「空気がなかったら、ガンデス宇宙航空を呪《のろ》ってやるところだわ」

和人に続いて、しかめっ面をしたリカが顔を出した。

「わーっ、すごいたくさん樹があるね」

リカの後ろから、シロを伴ったワるきゅーレが這《は》い上がってきた。

「いいわねー、あんたは気楽で」

リカは溜め息をつく。

「これからどうなるか分からない……ってのに」

「でも、ここは有人惑星のはずなんだろ？」

「あのコンピュータがあてになるのかしら」

和人の言葉に、リカは疑わしそうな表情を浮かべた。

優秀なコンピュータなら、本当の非常事態と誤作動ぐらいはちゃんと見分けることができて然《しか》るべきだと思うのである。

「だいたい、ここはどこなのよ？」

「さあ……」

訊《き》かれても、和人に答えられるはずがない。

周囲を見まわしてみると、ボートの右手に草原と思われる場所が見える以外、辺り一面は深い森に包まれている。

「なにもないところだな」

「……ねえ、これからどうするの？」

「う～ん」

リカに訊かれ、和人は思わず返答に困ってしまった。

通信すらできない状況では、救援を求めるのも不可能だろう。かといって、ずっとこのボートに居続けるわけにもいかないのだ。

とにかく、食糧くらいは確保しなければどうしようもない。

必ず有人惑星に着陸するという前提のためか、ボートにはサバイバルセットはおろか、非常用の食糧すら装備していないようなのである。

「とにかく、誰か人を見つけないと」

和人がそう口にしながら、なにもない風景を見まわした時。

「ねー、かずとー、誰かいるよ」

一緒になって周囲を見まわしていたワるきゅーレが、不意にそう言って森の一角を指差した。彼女が示した方角には、確かに樹々の間に人影がある。

「ほんとだ……こんなところに人が？」

「おーいっ!!」

信じられないという顔をするリカの隣で、和人《かずと》はかすかに見えるその人物に向けて、手を振りながら声を掛けた。

人がいるのであれば、なんとか戻る方法も見つかるかもしれない。

「返事をしてくれーっ、おーい、おーい!!」

和人が何度声を掛けても、人影は木の陰に隠れたまま近寄ってこようとはしない。それどころか、さっと身を翻《ひるがえ》すようにして森の奥へと姿を消してしまったのだ。

「行ってみよう」

「えーっ、大丈夫なの？」

「ここにいたって仕方ないだろう」

そう言うと、和人は高さが二メートルほどあるボートの上から慎重に飛び降りた。

靴底に森の中独特の湿った土の感触が伝わってくる。

「かずとー、ワルちゃんもっ」

「ん……」

身を乗り出してくるワるきゅーレの身体《からだ》を抱え、和人はそっと下へと降ろす。

シロは自力でも平気なはずだが、今はワるきゅーレの背中にへばりついたままだ。

「もうっ……なんでこんな目に遭うのよ」

ブツブツ言いながら、リカも和人の助けを借りてボートから飛び降りた。地面に足をつけ、改めて周囲に視線を向けてみると、高所から見た時よりもずっと深い森であることが分かる。

薄暗くて不気味であり、まるで一度入ると二度と出て来られないかのようだ。

「迷ったりしない？」

「人がいるなら大丈夫だろう。それに、こっちの方へ向かえばなんとか……」

和人が大まかに指差したのは、先ほど草原の見えた方角である。

「ちゃんと天測して方角を確かめたほうがいいわよ」

「でも、太陽が見えないしさ」

「えっ⁉」

リカはハッとしたように上空を見上げた。

空一面は厚い雲に覆われ、どこに太陽があるのかまったく分からない状態だ。

「それにここは地球じゃないからなぁ」

「うっ……」

和人の言わんとしていることを理解して、リカは思わず呻《うめ》き声を上げた。

ここがまったく見知らぬ星である以上、地球の物理法則がそのまま通用するとは限らないのだ。宇宙には自転が逆だったり、重力がまったく違う場所も多く存在するのである。

「……学校での勉強なんて、なんの意味もないことがよく分かったわ」

リカは、ガックリと肩を落とした。

「とにかく先に行ってみよう」

草木を踏み分けながら、和人《かずと》はゆっくりと森の中へ進み始めた。

その後をワるきゅーレがニコニコと、リカがうんざりというような顔をして続く。

「……なんだか不思議な森だな」

和人は近くにある樹を見上げて首を傾《かし》げた。

地球とは違うのだから当然と言えば当然なのだが、森を作り上げている樹は見たこともないような形をしている。

樹というよりは草花がそのまま大きくなったかのようで、幹が存在せず、葉だけの植物が多いのだ。そのほとんどには、スイカほどの大きさがある蕾《つぼみ》が無数についている。

森というよりは、花が咲く前の巨大な花畑という感じだ。

「不気味っていうのよ、これは……」

リカは気味悪そうに樹々を見上げ、そっと和人の腕にしがみついてくる。

ギュッと身体《からだ》を密着させてくるために、ささやかではあるがリカの胸の感触が伝わってきて、和人はなんとなく妙な気分になってしまった。

「そ、そんなに引っ付いてきたら歩きにくいだろ」

別に妹に対しておかしな趣味を持っているわけではなかったが、和人《かずと》も男である以上、あまりにも無防備な接し方をされると、どうしても意識せざるを得ないのだ。

「だって……」

と、リカは瞳を潤ませて和人を見上げる。

普段の生意気な様子とはまるで違う姿に、和人は思わずドキリとした。

「あー、ずるいっ、ワルちゃんもーっ」

寄り添うリカに対抗意識を燃やし、ワるきゅーレは和人の反対側の腕にぶら下がるように飛びついてきた。

「うっ、重いって……」

両側から寄りかかられて、和人はたちまち歩けなくなってしまった。

「だって怖いんだもんっ」

「ワルちゃんも、かずとと一緒に歩く〜っ」

左右から、まるでステレオのように叫ばれ、和人は困ったように天を仰いだ。

と、その時——。

前方の草木が揺れて、人影のようなものがサッと和人たちの前を横切る。

「あ、人が……!?」

和人は左右のふたりを振り払うと、慌《あわ》ててその後を追い掛け始めた。

「ちょっと待ってよーっ」

「あーん、かずとーっ!!」

ワるきゅーレとリカが非難の声を上げたが、和人には立ち止まる余裕などなかった。

これだけ深い森の中なのだ。ここで見失ってしまっては、もう二度と見つけることができないかもしれない。

「ちょっと待ってくださいっ」

和人は前方を走る人影に声を掛けた。

だが、その人影は立ち止まる様子もなく、森の中を走り続ける。

幸いなことに移動速度自体はたいしたことはないので、不慣れな森の中でもなんとかついて行くことができた。

「言葉が通じないんじゃないの？」

ワるきゅーレを抱えて追いついてきたリカが、人影を見ながら声を掛けてきた。

「かもしれないけど……」

とにかく、話をしてみなければ分からない。

和人たちは必死になって、森の中を移動する人影を追い続けた。

2

走り始めて数分経《た》つと、いきなり視界が開けた。

森の中を抜けて、本来目指していた草原へと出たのだ。見渡す限りの緑が、なだらかな曲線を描いて眼前一杯に広がっている。

「……この様子だと随分と田舎の星みたいね」

地平線まで続く草原を見つめ、リカが力のない声で呟《つぶや》いた。

こうしてみる限り、近くに街はおろか人家さえも見あたらないのだ。

「でも、誰《だれ》かが住んでいることは間違いないんだ」

和人《かずと》は確信を持って言った。

「まあ……そうだけどね」

リカは溜め息をつくと、

「でも、これからどうすればいいのよ?」

と、和人の顔を覗《のぞ》き込んだ。

追い掛けてきた人影は、草原に出ると同時に見失ってしまっている。

人だとしたらかなり小柄な人物だったので、もしかすると、この膝《ひざ》までもある草の海に隠れてしまっているのかもしれない。現にワるきゅーレは胸の辺りまで草に埋もれ、シロと一緒に、鬱陶《うっとう》しそうに近くの草を払いのけている有様だ。

「……とにかく、まっすぐに行ってみよう」

和人は人影が消えたと思われる方向を示してそう言った。

歩き続ける以外、他に方法はない。

「やれやれ……」

リカは仕方なさそうに、草を踏み分けながら先導する和人に続いた。

「あうーっ、かずとぉ～っ」

草と格闘していたワるきゅーレが、助けを求めるように声を上げた。

身体《からだ》が小さいだけに、和人が踏み分けた草もワるきゅーレにとっては歩行が困難なほどの大きさがあるのだ。

「はいはい……分かったよ」

仕方なく、和人はワるきゅーレを抱え上げると背中に乗せた。

「へへ～っ」

ワるきゅーレは和人におんぶされて嬉しそうな笑みを浮かべる。

その気楽そうで、なにも考えていない様子を見たリカは、

「……あたしもワるQみたいになりたいわ」

と、雲に覆われた空を見上げ、嘆くように言った。

「ねえ、お兄ちゃん」

「ん……？」

「さっき見たのが動物かなにかで、ここが完全な無人の星だったらどうするの？」

「そんなことはないと思うけど」

和人《かずと》は前方を見据えたまま、曖昧《あいまい》な返事を返した。

はっきりとした確信があるわけではない。確かにリカの言う通り、追い掛けてきたのが人影ではなく、動物である可能性も十分にあるのだ。

「もし……もしもそうだとしたら、ここでサバイバル生活が始まるわけぇ？」

脱出ボートが壊れている以上、ここから脱出することは不可能である。

もっとも、和人たちが誤って旅客船から離れてしまったことは分かっているので、宇宙航空会社か、あるいは旅行会社がなんらかの手を打つことは間違いないだろう。

けれど、その救助がいつ来るのか分からない。

明日か……それとも一ヶ月後か。

もしかすると、一年後かもしれないのである。

「うーん……そうだなぁ」

「そりゃ、お兄ちゃんにはワるQがいるから、ふたりでアダムとイブになればいいでしょうけど、あたしはどうなるのよっ⁉」

「そ、そんな……僕とワるきゅーレは……」

ここで定住することを想像し、和人は思わずうろたえてしまった。

無論、和人はロリコンではないので、想像の中のワるきゅーレは現在の子供の姿ではなく、あの天女のようなワルキューレの方だ。

「ねえ、かずとー」

「い、いや……そんなことは……」

「かずとったらーっ」

「僕があのワルキューレと……だなんて……」

「向こうにお家《うち》が見えるよー」

「……え？」

妄想状態にあった和人は、ワるきゅーレの「家」という単語に反応して、ようやく現実世界に戻ってきた。

慌《あわ》ててワるきゅーレが指差す方向に視線を向けると、そこには確かに人家らしきものが見える。それもひとつやふたつではなく、十数個からなる集落のようであった。

「本当に人がいたのね」

リカも目を細め、遠くに見える家々を見つめる。

「けど、町……というよりも、村と言った方がいいみたいね」

「さっきの人影も、きっとあの村の人だよ」

無人の惑星でないと分かって、和人《かずと》はホッと胸をなで下ろした。

少なくとも、森の中でのサバイバル生活は回避できそうだ。

目標とわずかな希望が出てきたことにより、和人たちの脚は自然と速くなった。

前方に見える村までは、さほど時間を掛けずに辿《たど》り着けるだろうと思っていたのだが、実際にはかなりの距離があった。

他に比較するものがないので距離感が狂っていたのかもしれない。

ようやく到着した時には、すでに辺りは暗くなり始めていた。

「ふう……」

村の入り口まで来て、和人は大きく肩で息をした。

長い時間、草と格闘しながら歩き続けてきたので、かなり体力を消耗してしまったらしい。背後ではリカが同様に、ハアハアと荒い息を吐いている。

元気なのは、ずっと和人の背中にいたワるきゅーレとシロくらいであった。

「結構……遠かったわね」

「うん、でもこれでようやくひと休みできるだろう」

と、和人はリカの言葉に頷《うなず》きながら村を見まわした。

近くで見ても小さな村だが、店の一件くらいはあるだろう。ないとしても、事情を話せばどこかの家で休ませてもらうことくらいはできるはずだ。

だが——。

「……なんだか静かな村だな」

村人の姿がどこにも見えないどころか、声すら聞こえてこない。

寂《さび》れている様子はないので、誰《だれ》かが住んでいることは間違いなさそうなのだが……。

「ね、ねえ……ここの村人って、ちゃんと文明人なんでしょうね？」

「どういう意味だい？」

「ほら、よくあるじゃない」

リカは声を潜める。

「へんな宗教を信仰してて、余所者《よそもの》を生《い》け贄《にえ》にするとか……。あるいは食人族とか……」

「ま、まさか」

和人はぐびりと喉《のど》を鳴らした。

とにかく人里さえあればなんとかなる……と思い込んでいたが、確かにリカの言う通り、危険な種族が住んでいないとは言い切れない。

ここは地球ではなく、見知らぬ星なのだ。

「けど……ここまで来た以上、引き返すことはできないだろう」

和人《かずと》は自分に言い聞かせるように言った。

もう日が暮れようとしているのだ。他に行くあてなどないし、暗くなってしまっては移動するのも難しいだろう。

それに、まだ危険な村だと決まったわけではない。

「でもおかしいじゃないっ。なんで村人の姿がないのよ?」

「それは……」

リカに問われ、和人は思わず言葉に詰まった。

その時——。

「あ……」

と、和人の背中に乗ったままのワるきゅーレが、不意に声を上げた。

「あそこ、誰《だれ》かいるよー」

「え……」

和人とリカは、同時に村の方を振り返った。

辺りが薄暗くなっていることもあり、はっきりとは見えなかったが、そこには確かに誰かが立っていて、ジッと和人たちの方を見つめている。

身長からすると子供のようだ。

もしかすると、和人たちが森からずっと追い掛けてきた人物なのかもしれない。

和人は思わず、という感じで数歩だけ近寄ってみた。

その人物は、金色の長い髪で、頭からすっぽりと被《かぶ》る貫頭衣《かんとうい》のような衣装を身に付けている。

――女の子だろうか？

ふと、そう考え時。

雲の間からわずかに月が顔を出し、辺りをうっすらと照らし出した。

「え……？」

淡い光に照らし出されたのは、間違いなく少女であった。

だが、その少女を見た途端。

和人は反射的に、自分の背中にいるはずのワるきゅーレを振り返った。

「うにゅ？」

彼女はちゃんとそこにいて、驚いた表情で振り返った和人を不思議そうに見つめている。

――これは……どういうことだ？

和人は唖然《あぜん》としたまま再び少女に視線を向ける。

目の前にいるのは、どう見てもワるきゅーレとしか思えない少女であったのだ。

「ワるＱ……では、ないみたいね」

リカもワるきゅーレを確認すると、彼女と前方にいる少女を交互に見つめた。

「それにしてもそっくりね」

「う、うん……」

和人《かずと》はリカの言葉に小さく頷《うなず》いた。

着ている服は違うし、よくよく見てみると、少女の頭には小さな触角のようなものがついている。だが、それ以外はうりふたつと言ってよいほどだ。

「ワルちゃんと同じ顔……？」

本人も、ようやく和人たちがなにに驚いているのかを悟ったらしい。

ワるきゅーレは和人の背中からピョンと飛び降りると、改めて自分にそっくりな少女をまじまじと見つめた。

「ねえ、お兄ちゃん」

「ん……あ、ああ……」

リカに肘《ひじ》を小突《こづ》かれ、呆然《ぼうぜん》としていた和人はハッと我に返った。

いつまでも驚いている場合ではない。

ようやく村人らしき人物に出会えたのだから、他の……大人のいるところに案内してもらうべきである。

「あの、ちょっと訊《き》きたいんだけど……」

「…………」

和人が声を掛けると、少女は無言のまま、いきなり踵《きびす》を返して走り去ってしまった。

「あ、ちょっと……」

慌《あわ》てて追い掛けようとしたが、少女はあっというまに暗闇《くらやみ》の中へと消えてゆく。

「……なんで逃げるわけ？」

「さあ……」

どちらにしても、見失ってしまうわけにはいかない。

和人たちは少女の消えた方向へと歩き始めたが、数歩も行かないうちに、今度は立ち止まらざるを得なくなってしまった。

誰《だれ》もおらず、村はまるで無人かと思われたのだが……。

家々の陰には槍《やり》や弓矢で武装した数十人の女性が、和人たちを取り囲むようにして、ジッと潜《ひそ》んでいたのである。

「え……なに？」

「どうも平和的に話し合いをする……という状況じゃないみたいだな」

周りを取り囲まれている状況では、逃げ出すわけにもいかない。

──生《い》け贄《にえ》にされなきゃいいけどな。

和人は大きく溜め息をつくと両手を上げる。

リカとワるきゅーレも顔を見合わせた後、同じようにバッと手を上げた。

3

「どうしてこうなるのよっ!?」

リカが泣きそうな顔をして声を上げた。

結局、事情も分からないまま、和人《かずと》たちは一軒の家に監禁されてしまったのである。

それもどう見ても、牢屋《ろうや》としか思えないような建物だ。

武装した女性たちは一言も口をきかなかったので詳しいことは一切分からないが、少なくとも客として歓迎してくれるムードでないことだけは確かだ。

「ねえ、あたしたちがなにしたって言うの!?」

「そんなこと、僕にも分からないよ」

竹を編んだような椅子《いす》に座り、和人は呟《つぶや》くように言った。

「ああ……本当なら、今頃はガンデスで美味《おい》しいご飯を食べて、のんびりと温泉に浸《つ》かっていたはずなのに……」

「ここ、温泉じゃないの?」

「温泉なわけないでしょ!!」

とぼけたワるきゅーレの言葉に、リカは額に青筋を立てんばかりの勢いで叫んだ。

「ワるきゅーレにあたっても仕方ないだろう」

「……分かってるわよ、そんなこと」

和人がなだめると、リカは脱力したように椅子に座る。

「ああ……あたしの青春が、こんなところで終末を迎えるなんて……」

「まだ、どうなるか分からないよ」

「決まってるわよっ、今頃、連中は火あぶりの準備かなんかしてるのよ。そして、怪しげな呪文《じゅもん》を唱える僧侶《そうりょ》の前で、焼かれてしまうんだわっ」

「えー、ワルちゃん、そんなのいやー」

「あたしだっていやよっ!!」

「まあまあ……」

和人が再びリカをなだめようと、椅子から腰を浮かした時――。

建物のドアが開いて数人の女性が姿を現した。

先頭にいるのは二十代くらいに見える美しい女性で、他の女性たちのように簡易鎧《よろい》で武装していなかった。

どうやら指揮官――もしくは責任者という感じだ。

「鍵を……」

女性は傍《かたわ》らにいた者に短い声を掛け、和人たちを閉じこめていた牢の鍵を開けさせた。

「申し訳ありません。失礼なことを致しました」

和人《かずと》たちに向け、女性は深々と頭を下げる。

「私はこのナノハナ村の村長です。兵士たちが勘違いをしたようで、皆様にはご迷惑をお掛けしました。どうぞ私の家へお越しください」

「……？」

和人とリカは思わず顔を見合わせた。

急に待遇が変わったことに、戸惑いを感じずにはいられなかったのである。

だが、監禁を解いてくれるというのであれば、それに越したことはない。村長の口調からすると、火あぶりになることもなさそうであった。

和人たちは牢《ろう》から出ると、村の中を案内された。

さっきまでは和人たちを捕らえるためだったのか、村には灯《あか》りが一切なかったが、今はあちこちにかがり火が焚《た》かれている。

何人もの村人たちが家の外へ出てきて、村長と共に歩く和人たちをジッと見つめていた。

——異星から来た者がめずらしいのかな？

と、和人は推測した。

だとしたら、やはりここは異星との交流のない辺境惑星ということになる。

——これは帰るのは大変そうだな。

この様子では宇宙港が存在しているのかさえ危うい感じだ。ましてや、まったく交通手段がないとすれば、かなり面倒なことになる。

「ふう……」

密《ひそ》かに嘆息《たんそく》した和人は、ふと妙なことに気付いた。

遠巻きに見つめている村人の視線のほとんどが、なぜか和人とワるきゅーレに集中しているような気がするのだ。

それに、この村の入り口で見掛けた少女の姿がない。それどころか、妙なことに村人たちの中には子供がひとりとして存在しないのである。

どうしてなのか訊《き》いてみたい衝動に駆《か》られた時。

「どうぞ、こちらです」

と、村長が一軒の家の前で立ち止まり、静かにドアを開いた。

見てきた家の中では一際《ひときわ》大きな家だ。

室内も今までいた石敷きの床とは違い、板敷きの床には見事な刺繍《ししゅう》の絨毯《じゅうたん》が敷かれ、調度品などは比較的立派なものばかりである。

――さすが村長の家……というところか。

武装した者たちは家の中まで入って来ず、代わりに使用人と思われる女性たちが和人たちをテーブルへと誘う。

──あれ？

今まではずっと薄暗い中にいたために分からなかったが、灯りの下でここの住人たちを改めて見ると、和人《かずと》たちとは随分と身体《からだ》の様子が違っているようだ。

地球でいうチャイナドレスに似た衣装を纏《まと》っているのだが、腰の……いや、おしりの部分が和人たちよりもかなり大きいのである。

それに、少女を見た時から触角のようなものの存在には気付いていたが、背中には薄い羽が付いていていた。

もっとも、宇宙人には色々な人がいる。

和人も慣れているだけに驚きはしなかったが、今まで見たことのない宇宙人だ。

「どうぞ……」

テーブルに着くと、木の器に入った飲み物が出された。

ふわりと甘い香りがする。詳しい説明を受けていない以上、なんとなく手を出しにくかったが、場の雰囲気を察しないワるきゅーレだけは別だ。

「かずとー、おいしいよ」

さっそく口をつけて、めずらしい飲み物を堪能《たんのう》している。

「それは蜂蜜《はちみつ》を原料とした、私たちの主食なのです」

「これが？」

リカが、意外そうに器に入った液体を見つめた。

「セレンゲという花の蜜です。そう……そろそろ花が咲く頃です」

「花……か」

和人はこの村に来る途中に見た巨大な蕾《つぼみ》のことを思い出した。

多分、あれがセレンゲとかいう花のことなのだろう。あれだけ大きい花が森中で咲けば、確かに主食にしても不足しないに違いない。

「さて……」

村長は話を始めるつもりなのか、使用人たちを下がらせるべく合図した。使用人の女性たちは静かに頷《うなず》くと、なぜかチラチラと和人を見つめながら立ち去っていく。

「……？」

外を歩いていた時にも感じられたが、この村の住民たちは、どうやら和人に対してなんらかの興味を持っているようだ。

「改めてご挨拶《あいさつ》させて頂きます」

村長が言った。

「私はこの村の村長をしております、ウラグラバンテーニャと申します」

「ウラグラ……？」

なんだか言いにくい名前だ。

和人が上手《うま》く言葉にできずに戸惑っていると、

「ハニーさん、と呼んでくださって結構です」

村長——ハニーさんは、そう言ってにっこりと笑った。

「ウラグラなんたらって名前が、なんでハニーになるわけ？」

「……それはさておき」

ハニーさんは、リカの素朴な疑問を黙殺して強引に話を変えた。

どうやら訊《き》いてはならないことらしい。

「兵士たちは、あなた方がメーヤ様を追っていたので、てっきり女王の手先かと思ったようなのです。申し訳ありませんでした」

「女王……？」

「はい、この星は女王様が治めておられるのです」

そう前置きすると、ハニーさんはこの惑星——ハッチ星の説明を始めた。

住人はすべてハッチ族という種族で占められており、彼女たちは女王を中心に、地球とはいささか違う社会システムを作り上げているらしい。

特に和人たちが驚いたのは、この星には「男」というものが、ごく一部を除いて、ほとんど存在しないということであった。

「女だけの社会……か」

和人《かずと》はそう呟《つぶや》きながら、ふと村人やこの家の使用人たちが、興味深そうに自分を見つめていたことを思い出した。

——なるほど、だからか。

彼女たちにしてみれば、和人は単に異星からやって来た者というだけではなく、彼女たちの社会ではほとんど見ることのできない「男」なのである。

「でもさ……」

黙って話を聞いていたリカは、納得いかないという感じでハニーさんに尋ねた。

「男の人がいないと、その……子供は……？」

「女王の宮殿にはわずかに男の方がいるのです」

「わずかって……でも、それだけじゃ足りないでしょう？」

この星に何人の女性がいるのか分からないが、それでは男女の比率が極端なまでに偏《かたよ》ってしまうのではないだろうか。

「それで十分なのです」

ハニーさんはあっさりと言った。

「なぜなら、この星の者はすべて女王様の子供なのですから」

「は？」

和人は思わず問い返してしまった。

臣民はすべて王の子である——。

と、いった観念的な意味なのかと思ったのだが、どうやらそうではないらしい。

この星には、母親という存在は本当に女王ただひとり。

その唯一の母親である女王と、圧倒的多数の子供で形成されているのが、このハッチ族の現状なのだそうだ。

つまり、ハッチ族は極端なまでの大家族ということである。

「じゃあ……その……ハニーさんも、さっきのメイドさんみたいな人も、あたしたちを捕まえた人も全部……」

「ええ、姉妹ということになります」

リカの質問に、ハニーさんはニッコリと笑った。

「姉妹って……この星の人口はどれくらいあるんですか?」

「村は数百ほどありますので、数万人といったところでしょうか」

「数万人の子供……」

リカは思わず呆然《ぼうぜん》とした表情を浮かべた。

地球とはあまりにも常識が違いすぎて、想像の範疇《はんちゅう》を超えてしまっているのだ。

「だったら、生まれてくるのも大勢よね?」

「はい。女王は一度に数百から数千の子供をお産みになります」

「……………」

　まるでマンボウである。

「その……大勢の子育ては誰《だれ》がするの？　女王ひとりじゃないわよね？」

「はい、もちろん子育てを仕事にしている者がおります。子供たちは女王の元で一定期間を過ごし、大人になってから各村へと送られてくるのです」

「ところで……」

　と、和人《かずと》はずっと疑問だったことを口にした。

「さっき、僕たちを女王の手先と勘違いした……と言いましたよね？」

「ええ……」

「それはどういう意味なんですか？」

　女王はすべての人々の母親であり、同時に統治者でもあるはずなのだ。けれど、この村の対応を見ていると、まるでその女王と敵対しているかのように思えるのである。

「それは……」

　ハニーさんはそっと目を伏せると、

「現在、我々ナノハナ村の者は、女王と戦っているからですわ」

　と、和人の推測通りの言葉を口にした。

4

戦い……と言えばなんだか物騒な感じがするのだが、ハニーさんの話を聞く限りでは、どうやら権利を獲得する運動のようなものらしい。

「私たちの望みは、誰《だれ》もが自由に子供を産める社会を作ることなのです」

ハニーさんはグッと拳《こぶし》を握りしめて力説した。

なにやら地球の女性政治家のような言葉だが、ここではもっと切実なようだ。

出産は特権という形で女王が独占し、ハニーさんたちには労働に関して職業選択の自由という権利しか与えられていないらしい。

「それで女王様に反旗を翻《ひるがえ》した……と？」

「ええ」

ハニーさんは当然という顔で頷《うなず》いた。

話を聞けば、確かに納得できるような気もする。

だが、それはあくまでも和人《かずと》たち地球人としての感覚であって、この星の状況に当てはまるとは言えないのである。少なくとも和人には、ハニーさんたちの行動に是非を唱えることはできなかった。

「でも……すべてが女王様の子供というなら、これは権利の獲得の戦いというより、壮大な親子ゲンカのようなものね」

リカは複雑そうな表情で呟《つぶや》いた。

「それで、勝ち目はありそうなんですか？」

「私たちの運動は、徐々にこの星全体に広がっています」

和人の質問にハニーさんはゆっくりと頷いた。

時代が変わりつつあるということだろう。どんな文明にも、必ず変革期というのは訪れるものなのである。

「それでも戦いはあるんでしょ？」

リカが身を乗り出しながら訊いた。

あの武装した女性たちを見る限り、交渉がすべて平和的な話し合いで進んでいるとは思えない。相手は独裁権を持つ女王なのである。

「我々はこの村だけでも、数十人の兵士を有しています」

「女王側は？」

「およそ、一万ほどでしょうか」

あっさりと答えたハニーさんの言葉に、和人とリカは同時に机に突っ伏した。

「……問題にならないじゃない」

「よく、今まで女王が黙っていましたね」

それだけ圧倒的な兵力差がありながら、よく抵抗を続けていられたものである。

女王が本気でハニーさんたちの主張を潰《つぶ》すつもりがあるのなら、この村などとっくに攻め滅ぼされているのではないだろうか。

だが――。

「我々にはメーヤ様がついていますから」

ハニーさんはゆったりとした表情で言った。

まるで自分たちには、神様がついているから平気だ……という感じである。

「メーヤ様？」

「あなた方をこの村へと導いた方ですわ」

「ああ、あのワるQにそっくりな娘《こ》のことね」

リカが思い出したようにポンと手を打った。

――導いた？

和人《かずと》は思わず首を捻《ひね》ったが、言われてみれば確かにそうかもしれない。

あの少女――メーヤを追い掛けることによって、和人たちはこの村までやって来ることができたのである。

「あの方は、本来は女王となるべきハッチ族の王女なのです」

「王女……？」

聞き捨てならないハニーさんの言葉に、和人が眉《まゆ》をひそめて問い返した時。

「ハニー、お腹空いた」

と、その当人であるメーヤが奥の部屋から姿を見せた。

「…………………」

和人はメーヤの姿を見て、反射的に座っていた椅子から立ち上がった。

——なるほど、村人たちがワるきゅーレを見つめていたわけだ。

こうして灯りの下で改めて見ても、やはりメーヤという少女は、ワるきゅーレにそっくりであった。

「すごい食欲ね……」

黙々と食べ続けるメーヤを、リカは唖然《あぜん》とした表情で見つめた。

ハニーさんの用意した食事の大半が、すでにメーヤの胃袋の中へと消えている。

それも最初に用意された量が半端ではない。大の大人が五人がかりでも、果たして食べ切れるかどうかというほどの量だ。

和人たちもご相伴《しょうばん》していたが、メーヤの圧倒的な食欲にすっかり毒気を抜かれてしまった感じだ。この数分間でメーヤが食べたのは、和人《かずと》たちの数倍はあるだろう。放っておくと、食器まで食べてしまいそうなほどの勢いである。

「王女はまだ変態前ですから……」

呆然《ぼうぜん》とメーヤを見つめる和人たちに、ハニーさんは苦笑しながら言った。

「我々は、生まれて数年はこのように子供の姿をしていますが、ある時期を迎えると身体《からだ》が変態して成体へと変化します」

「昆虫みたいなもんね」

リカが納得いったように頷《うなず》いた。

――なんだか、蜂《はち》を思い出すな。

黙って話を聞いていた和人も、ふと地球にいる昆虫を思い出した。

外見にしてもそうだが、このハッチ族の生活形式や生体は蜂によく似ているようである。あの昆虫も女王を中心とした社会で、働き蜂はすべて女性――つまり雌《めす》であり、雄《おす》はほとんど存在しない。

出産は女王だけが行うという点でも同じである。

王女ということは、このメーヤも大人になった後は今の女王のように、多くの子供を産むことになるのだろう。

「それまでは……こんなに食べるんですか？」

「あら、私が子供の時は、もっと食欲がありましたわ」

和人の質問に、ハニーさんは微笑《ほほえみ》を浮かべた。

——食費が大変そうだな。

ワるきゅーレもよく食べるが、さすがにこれほどではない。

もっとも……こんな食欲をしめされたら、時乃湯《ときのゆ》の身代は一気に傾いてしまうだろう。

「ああっ!!　それはダメェーッ」

ワるきゅーレが突然悲鳴を上げた。

その声のした方を振り返ると、メーヤがシロの身体に噛《かじ》り付いているところであった。

テーブルにあった料理をすべて平らげてしまったメーヤは、手近にいたシロをも食べてしまおうとしているのだ。

「わわわっ、それは……」

止めようと立ち上がった和人を制して、

「メーヤ様、いけませんよ」

ハニーさんは、シロに噛り付いたままのメーヤを優しく窘《たしな》めるように言った。

「……………」

メーヤは不満げな顔をしたが、それでもハニーさんの言うことだけは聞くらしい。

名残惜《なごりお》しそうにシロをひと舐《な》めすると、いきなりポイッと放り出した。

「あう～っ、シロ～っ」

「きゃううううっ」

辛《かろ》うじて難を逃れたシロは、全身を震わせながらワるきゅーレにしがみつく。

今まで体験したことのない恐怖だったに違いない。

「不衛生なものを食べてはいけませんと申しておりますでしょう?」

「……うん」

ハニーさんの言葉に、メーヤはコクリと頷《うなず》いた。

——そういう問題ではないのだが……。

と思いつつ、和人《かずと》が沈黙していると、メーヤはハニーさんに悲しげな表情を向けた。

「……ハニー」

「はい、なんでしょう?」

「お腹へった」

ぽつりと呟《つぶや》くメーヤの言葉に、和人たちは椅子の上から転がり落ちそうになった。

一体、あの小さな身体のどこに食料が消えているのか不思議でならない。

「はいはい、すぐに用意しますからね」

そう言ってハニーさんがメイドを呼ぼうとした時——。

「……ん?」

和人《かずと》は、なんだか家の外がざわついているような気がして耳を澄ました。

なにかが倒れる派手な音や、何人もの叫び声が聞こえてくる。

「なんだか騒々しいな……」

「なにかあったみたいね」

和人の呟《つぶや》きに、リカが小さく頷《うなず》いた途端。

武装した村人のひとりが、村長宅のドアを勢いよく開けて飛び込んできた。

「村長……ハニー様!! 早く地下室へ避難してくださいっ」

「どうしたんですか?」

「女王の兵が攻めてきたんですっ」

「え……?」

村人の言葉に、ハニーさんは表情を引きつらせた。

第四章　宮殿へ向けて

1

――やっぱり。

村に女王の兵が攻めてきたと聞いた時、和人は思わず納得してしまった。

多くの者が望んでいる出産の権利を認めないような女王が、たとえ王女がいるからといって、いつまでも手をこまねいているはずがないのだ。

自分に対して不平を鳴らす者を、独裁者ならば決して放ってはおかないだろう。

もっとも、こんな時に来なくても……とは思ったが。

「女王の兵は四方八方から押し寄せ、このままでは長く持ちそうもありませんっ」

「あああああっ!!」

村人の報告に、ハニーさんはオロオロと室内を歩きまわった。

「どうしましょう……どうしましょう……」

「なにか対策を考えていたんじゃないの？」

「自慢ではありませんが、これっぽっちも考えていませんでしたっ」

リカの質問に、ハニーさんはきっぱりと言い放った。

「……確かに自慢できることじゃないわね」

「ねえ、どうすればいいと思います？」

「あたしに訊《き》いても仕方ないでしょ!?」

リカにピシャリと言われると、ハニーさんは潤《うる》んだ瞳《ひとみ》で和人《かずと》に視線を転じた。

「い、いや……僕にも分かりませんよ」

「ああ……そんな……」

ハニーさんはよろよろと床に座り込むと、今度はキョトンとした表情を浮かべているワるきゅーレを見つめる。

「どうしたら……」

「ワるQに訊くなっ!!」

「ああ……」

リカのツッコミに、ハニーさんは動揺したように首を振った。

村長でありながら主体性の欠片《かけら》もない。これで村が治まっていたのだから、いかに今までが平和であったかよく分かる。

「あのねー、悪い人はやっつけなきゃダメなの」

「はっ……」

「悪いことしたら、メッ、って怒らないといけないの」

「なるほど……」

ワるきゅーレの無邪気な答えに、ハニーさんはうんうんと真剣に頷《うなず》いている。

だが、怒るもなにも、その手段がないから困っているのだ。

「ハニー様、女王の兵はメーヤ様を捜しているようですっ」

新たに飛び込んできた村人がそう叫んだ時、ハニーさんはハッとしたように顔を上げ、ガバッと床から跳《は》ね起きた。

「そう……女王の狙《ねら》いはメーヤ様……」

キラーン！とハニーさんの目が光る。

どうやら、なにか思いついたらしい。目の前のワるきゅーレと、まだ「お腹空《す》いた」と言い続けているメーヤを交互に見つめた。

「そう……やはり、これしかないわっ」

ハニーさんはひとりごちるように呟《つぶや》き始めた。

「幸いにしてメーヤ様にそっくりの小娘がいるんですもの。これはメーヤ様の身代わりとして役立てろという神様の思《おぼ》し召《め》しに違いありませんわ。この小娘をおとりにして兵士の注目を集めているうちに、メーヤ様を連れてこの村から落ち延びれば……」

「冗談じゃありませんよっ」

ブツブツと自分勝手な企《たくら》みを口にするハニーさんに、和人《かずと》は思わず声を荒らげた。

「は？　なんのことでしょう」

「ワるきゅーレを身代わりになんてさせませんからね」

「なっ……ど、どうして私の考えていることがお分かりになったのですっ⁉」

ハニーさんは驚いたように、よろよろと後ずさった。

「どうしてもなにも、口に出して言ってます」

「でも、万事丸く収めるためには他に方法が……」

「どこが丸く収まってるんですかっ‼」

「だって……だって……この方法なら、犠牲《ぎせい》はあなた方だけですしぃ」

ハニーさんはそう言うと、再び座り込んで床にのの字を書き始めた。

「あのねぇ……」

「もうっ、それどころじゃないでしょ⁉　早く王女を隠さないと……」

焦《じ》れたリカがそう叫ぶと、その当人であるメーヤがトコトコと和人たちの前を通過し、そのまま村長宅から出て行こうとする。

「あっ、ちょっと……メーヤさんっ」

和人は慌《あわ》ててその小さな肩を掴《つか》んだ。

「今、君が出て行ったら捕まってしまうだろう⁉」

「あたしが引きつけている間に隠れて」

「え……」

「似てるから危ない」

　メーヤの言葉に和人はハッとなった。

　この少女は、ハニーさんの企みとは逆に、自らがおとりとなってワるきゅーレを助けようとしているのである。

　口数が少ないし、ワるきゅーレとそっくりな容姿をしていることから、なにも考えていない子供だとばかり思っていたのだが、中身はかなり大人っぽいようだ。

　そう……あるいはハニーさんよりも。

「い、いけません、メーヤ様っ!!　王女ともあろうお方が、庶民の小娘のためにっ」

「あのね……ワルちゃんも皇女《おうじょ》なの」

「シャラープッ!!」

　くわっ、とワるきゅーレを一喝《いっかつ》すると、ハニーさんはずりずりと床を這《は》い、今にも出て行こうとしていたメーヤにしがみつく。

「庶民のことなど放っておけばよろしいのです」

「だめ、行くの」

　メーヤはハニーさんを振り払うように、家のドアを開けた。

途端——。

外気と共に、激しい物音や叫び声がドッと室内に流れ込んでくる。

戦いは白熱しているようで、ドアの隙間《すきま》から見ただけでもかなりの乱戦状態だ。

女王の兵とやらがどれほど攻め込んできたのか分からないが、少ない人数の村人たちも善戦しているようである。

もっとも、戦いは和人《かずと》が想像していたような殺伐《さつばつ》としたものではなかった。

互いに相手に向けておしりを突き出すと、その先端にある針のようなもので相手を突き刺すという戦い方に終始している。刺された相手はその場に倒れるが、決して死ぬようなことはなく、安らかな寝息を立ててぐっすりと眠り込んでいるようであった。

「……これが戦いなんですか？」

思わず和人が尋ねると、

「見たらお分かりになるでしょうっ!?　ああ……なんと恐ろしい」

ハニーさんは見るのもイヤだといわんばかりに頭を抱えた。

「僕たちには弓矢を向けていたような気がするんですが？」

「あれはただの脅しです。ハッチ族は、あんな野蛮なもの戦いでは使いません」

「はあ……」

なんと答えればよいのか分からず、和人は曖昧《あいまい》に頷《うなず》いた。

なんとも平和的な種族である。

和人たちがそんなやりとりをしている間に、メーヤは開いたドアから身を乗り出した。

「あっ、メーヤ様ぁ」

ハニーさんの哀願を無視し、メーヤは喧噪《けんそう》の中へと飛び込んでいく。

乱戦状態なので、誰《だれ》もがすぐには王女の姿を見つけることはできなかったようだが、それでもめざとい者はいるものだ。

「王女様がいたぞーっ」

「早く、お連れしろーっ」

メーヤの姿に気付いたひとりの兵士が声を上げると、その声が次々と伝播《でんぱん》していき、敵も味方も騒然《そうぜん》となった。この戦いの目的は相手を殲滅《せんめつ》するのではなく、主要人物である王女を奪うか守るかということにあるのだから当然と言えるだろう。

「メーヤ様……あああ……」

「メーヤさんっ!!」

為《な》す術《すべ》もなく見送るハニーさんに代わり、和人はメーヤを連れ戻すべく、咄嗟《とっさ》に村長の家を飛び出した。

「お兄ちゃんっ!?」

リカが制止するような声を上げたが、ワるきゅーレに害を及ぼさないよう、自ら出て行った少女を黙って放っておくわけにもいかない。

だが――。

「かずとーっ!!」

あろうことか、メーヤが身を挺《てい》してまで庇《かば》おうとしたワるきゅーレが、和人《かずと》の後を追って村長宅から飛び出してきたのだ。

「わ、ワるきゅーレっ!?」

和人は慌《あわ》てて立ち止まった。

単に乱戦の中に出て来るのが危ないというだけではない。この混乱の中でワるきゅーレの姿を見たら、誰《だれ》でもメーヤと見間違えてしまうことは明らかである。

「戻れ、ワるきゅーレっ!!」

「いやー、ワルちゃんもかずとと一緒に行くー」

和人が戻るよう声を張り上げて叫んでも、状況の分かっていないワるきゅーレは、必死になって和人の元へと駆け寄ってくる。

その後ろからはシロが追い掛けてきて、なんとかワるきゅーレを止めようとするが、彼女はまったく足を止めようとはしなかった。

「……っ!!」

こうなってはメーヤを連れ戻すどころではない。一刻も早くワるきゅーレを兵士たちの目から隠そうと、和人は急いで今来た道を駆け戻り始めた。

が、その時——。

不意に現れたひとり兵士が、ワるきゅーレの元へサッと近寄ると、その小さな身体《からだ》を背後から捕まえ空へと舞い上がる。

「王女様は取り返したぞーっ」

兵士は宣言するように叫ぶと、あっという間に上空へと上っていく。

「あーん、かずとーっ!!」

「ワるきゅーレっ!?」

和人は慌ててワるきゅーレの姿を追ったが、辺りには村人と兵士が入り乱れて戦っているために、思うように動くことができない。

「あう、あうっ!!」

シロがワるきゅーレを追って走り続けているが、相手は空にいるためにどうすることもできないでいるようだ。

「くそっ、待てーっ!!」

「かずとーっ!!」

兵士にガッチリと身体を捕まれたワるきゅーレの姿は、和人の目の前から悲痛な声だけを残して夜空へと消えていった。

2

一方──。

ライネの円盤に無理やり乗り込んだ秋菜《あきな》たちは、できうる限りのスピードで、和人《かずと》たちが乗っているはずの宇宙旅客船を追跡していた。

……はずであった。

「もうっ!!　まだ分からないのっ!?」

「だから、こうして計算しているじゃありませんかっ」

秋菜の焦《じ》れたような言葉に、ライネは計器を指差しながら叫ぶように答えた。

すでに地球を出てから数時間。

ライネの円盤の性能を持ってすれば、本来ならとっくに和人たちが乗っていたはずの宇宙旅客船に追いついているはずなのだ。

それがどうして、宇宙の真ん中で立ち往生しているかと言えば……。

単にライネが方向を間違えてしまったためである。

「まったく……こんな狭い円盤に、ジッとしている身にもなってよ」

膝《ひざ》に抱えたハイドラの身体を持てあましながら、秋菜がブツブツと呟《つぶや》く。

ろくに身動きもできない上に、長時間乗りっぱなしの状態なので、いい加減にくたびれてくるというものだ。

「贅沢《ぜいたく》を言わないで欲しいですわ。誰《だれ》も乗ってくださいなどと言ってませんことよっ」

ライネが苛立《いらだ》った声を上げた。

無理やり円盤の操縦を強要されているのだから、その怒りも分からないではない。

「まあまあ、今はそれどころではないだろう」

放っておけば取っ組み合いになりそうな雰囲気に、ハイドラは慌《あわ》ててふたりの間に割って入った。こんな狭い場所で暴れられてはたまらない。

「シッ、静かにっ!!」

コンソールのそばにある宇宙TVで、ジッとニュースを観ていた真田《さなだ》さんが、不意に唇に指を当てながら短く叫んだ。

『……ハイジャッカーは逮捕された模様です』

「なんだ?」

ハイドラは真田さんの見つめている宇宙TVへと身を乗り出すと、画面の横にあるボリュームのスイッチを触って音声を大きくした。

『本日、ガンデスリゾート惑星への宇宙旅客船をハイジャックした犯人が、宇宙警察によって逮捕されました。乗員乗客には死傷者はいないとのことです』

「これって……和人《かずと》たちが乗ってた旅客船のこと？」

小さなＴＶ画面を見つめたまま、秋菜《あきな》がぽつりと呟《つぶや》く。

「ああ……間違いねえよ」

画面に出ている宇宙語のテロップを見たハイドラが、うんうんと大きく頷《うなず》く。

「ガンデスリゾート惑星行きの旅客船だ」

「ああぁ、姫様はご無事なようですぅ」

真田《さなだ》さんはハラハラと涙をこぼした。

「そっか……無事だったのか」

秋菜もホッとしたように、強《こわ》ばらせていた身体《からだ》の力を抜いた。

あまり運がよいとはいえない和人のことなので、まさかとは思いながらも、ずっと心のどこかに不安がつきまとっていたのだ。

「……よかった」

「俺たちが来るまでのこともなかったんじゃねーか？」

ようやく表情を和《なご》ませた秋菜を見つめながら、ハイドラが苦笑するように言った。

「その通りですわっ、まったく人騒がせな……」

「でも、せっかくここまで来たんだから、ちゃんと無事を確認しましょうよ。旅客船は今どこにいるって？」

腹立たしそうに呟くライネとは対照的に、秋菜は声を弾《はず》ませながら真田さんに訊《き》いた。

「は、はい……えっと……惑星カスカルに臨時着陸しているそうです」

「えー、行くんですの？」

「あんたは和人たちが心配じゃないの⁉」

不満げな声を上げたライネに、秋菜がピシャリと言い放つ。

「そりゃ……和人様は心配ですけど……」

「じゃあ、ゴチャゴチャ言ってないで、さっさと行きなさい」

「あ、あたくしはこれでもヴァルハラ星の皇女《おうじょ》ですのよっ‼　頭ごなしに命令しないで頂きたいものですわっ」

「ムダムダ……秋菜には皇女もなにも関係ねえよ」

ハイドラは溜め息を吐きながら、ライネに首を振って見せた。


「行方不明⁉」

秋菜たちは揃《そろ》って声を上げた。

『はい。その方たちは脱出ボートに……』

複雑そうな表情を浮かべながら説明したのは、ガンデス宇宙航空のスッチーと名乗る女性だった。和人《かずと》たちの乗った宇宙旅客船の客室乗務員である。

テロリスト（自称）たちにジャックされた旅客船が臨時着陸しているという、カスカルという星までやって来た彼女たちは、さっそく通信で和人たちの安否を尋ねたのだが……。

返ってきた答えは「全員行方不明」であった。

「そ、それでどこへ行ったのよ？」

『さあ……あの辺りですと、いくつかある有人惑星のどこかだと……』

「どういうことよっ!?」

「あ、あのな……緊急用のボートは、脱出すると自動的に一番近い有人惑星へ不時着するようにできてるんだ」

興奮する秋菜《あきな》をなだめるように、ハイドラがスッチーに代わって説明した。

「だから、どこに不時着したのかって訊《き》いてるのよっ」

『あの辺りですと……』

スッチーが画面の向こうでなにやら操作すると、今まで彼女を映し出していた画面に宇宙航路図が表示された。

『えっと……惑星ベッポ、惑星ハッチ、惑星トランティアという辺りでしょうか』

「じゃあ、片っ端からまわって……」

「そんなことをしなくても大丈夫です」

勢い込む秋菜を制して、真田《さなだ》さんが画面に向き直る。

「ボートが射出された正確な位置は分かるのでしょう？」

『は、はい……この位置ですが』

スッチーの声と共に、航路図の一点が赤く点滅した。

「位置さえ分かれば、脱出ボートの性能から不時着した場所が分かるはずですわ。ライネ皇女《おうじょ》に計算して頂いて……」

「あたくしがやるんですの？」

黙って話を聞いていたライネが、自分を指差して眉根《まゆね》を寄せた。

「ゴチャゴチャ言わずにやりなさいっ!!」

「まったくもう……」

秋菜に怒鳴られ、ライネは渋々とコンソールパネルの操作を始めた。

「でも、またどうして脱出ボートなんかに……？」

『いやまあ……それは不可抗力と申しましょうか……』

真田さんの質問に、画面の向こうでスッチーは視線を泳がせながら言葉を濁《にご》した。

その様子を奇妙に感じた秋菜が言及しようと口を開き掛けた時。

「出ましたわ。多分、ここだと思うのですけど……」

ライネがそう言って、ディスプレイを示した。

「どこよっ!!」

シートに座っていたライネを蹴飛ばすように押しのけると、秋菜《あきな》はさっそくディスプレイを覗《のぞ》き込んだ。

が……そこに表示されているのは、もちろん宇宙語である。

「こんな文字が読めるわけないでしょうっ!!」

「そ、そんなこと言われましても……」

秋菜に胸ぐらを掴まれ、ライネは怯えた声を上げた。

「どれどれ……えっと惑星ハッチか」

代わってディスプレイを見たハイドラが、そこに表示されたデータを読み上げていく。

「……その位置ですと、ここからだと数時間の距離ですね」

真田《さなだ》さんがうんうんと頷《うなず》いた。

「じゃあ、行くわよ」

秋菜はライネをシートに放り込むと、さあ……と脅すように背後から声を掛けた。

「もうう……この人怖いですぅ」

「大丈夫だ、オレも怖いから」

ハイドラはライネの肩を叩くと、慰《なぐさ》めにもならないような言葉を掛けた。

3

惑星ハッチでは混乱の一夜が明けていた。

メーヤと間違え、ワるきゅーレを捕らえたことによって、目的を達したと勘違いした女王方の兵士たちが引き上げたのは夜明け前のことだ。

村は戦死者……ではなく、眠りこけた兵やら村人やらで一杯になってしまったが、とりあえず静寂《せいじゃく》が戻ってきていた。

兵は引き上げたし、王女は無事。

と、いうことで村人たちは一安心のようだが、和人《かずと》は気が気ではなかった。

一刻も早く女王の宮殿とやらに出向き、ワるきゅーレを取り戻さなければならない。

和人がそのことをハニーさんに告げると、

「では、私とメーヤ様もご一緒に宮殿まで出向きましょう」

と、意外な返事が返ってきた。

「え……でも」

「こうして不毛な戦いを続けていても意味がありません。ここは女王陛下と直接会って、我らが意を知ってもらうのが解決のための早道かと思いまして」

確かに正論ではある。

――けど、それができなかったから、戦っていたんじゃないのだろうか。

和人《かずと》は首を捻《ひね》らざるを得なかった。

「話し合うのはいいとして、女王が直談判《じかだんぱん》に応じてくれるわけ？」

「それは行ってみませんと……」

リカの質問に、ハニーさんは微笑《ほほえ》みながら曖昧《あいまい》なことを言った。

「でも、大事な王女様も連れていくんでしょう？」

「いざとなったら、女王があなた方を八つ裂きにしている間に逃げることに致しますわ」

「逃げることに致しますわって……」

「ほら、よく言いますでしょ？　人の犠牲に我が身は立つ……と」

「地球にそんなことわざはないわよっ」

しれっとした顔で言うハニーさんに、リカは激しい口調でツッコミを入れた。

……とにかく。

和人たちはハニーさんの案内によって、女王の元へと向かうことになったのである。

女王のいる宮殿は、村から歩いて三時間ほどの場所にあるという。

「えーっ、歩くしかないの？」

と、リカは悲鳴を上げたが、他に方法はない。

元々、空を飛ぶという移動手段のあるハッチ族には、乗り物に乗って移動するという概念が存在しないのである。

「ふう……町の暮らしに慣れると、こういうのって辛《つら》いのよね」

リカが疲れたように言った。

道らしきものすら存在せず、昨日、村へ来る時に通ったのと同じような草原を、草をかき分けつつ進むのはかなりの時間と労力を必要としたのだ。

「ハニーさんは空を飛べるんでしょ？　あたしたちを運んでくれればいいじゃない」

「ほほほ……御免ですわ」

ハニーさんはリカの提案をにべもなく却下した。

「なんでよっ!?」

「私ひとりで三人も運ぶことなどできませんし、メーヤ様はまだ飛べませんから」

「そういえば……」

リカは改めてメーヤを見た。

彼女には、まだハニーさんや他の村人たちのような羽が存在しないのである。

「メーヤ様は変態前ですから」

「つまり、成虫になっていないというわけね」

「あの……我々は虫ではないのですが」

「似たようなもんじゃない」

リカはハニーさんの文句を聞き流すと、

「どうしたの、お兄ちゃん？　ずっと無口じゃない」

と、前を歩く和人《かずと》に声を掛けた。

和人は村を出発して以来、シロと共に黙々と草原を歩き続けているのだ。

「え……うん。今頃、ワるきゅーレはどうしているかなって」

「王女様と間違えてるんだから、そんなに酷《ひど》い目には遭ってないわよ」

「だといいんだけど……」

「でも、もしかすると、すでに王女様でないことがバレていたりして」

ハニーさんが小さな声でぽつりと呟《つぶや》いた。

「え……？」

「王女でないと知った女王様は、ワるきゅーレ様のことをロープで縛り付け、鞭《むち》で百たたきの刑に処している……とか」

「うっ」

拷問《ごうもん》されているワるきゅーレを想像してしまい、和人は思わず言葉を失ってしまった。

——それが本当に起こっていたとしたら。

そう考えるだけで、和人は居ても立ってもいられなくなってしまう。

「あるいはローソク責め……とか」

「ううっ!!」

頭を抱える和人をいたぶるように、ハニーさんはボソボソと呟き続けた。

「なんで、あなたはそんなに人を不安にさせるようなことばかり言うのよっ」

リカが腹立たしそうに詰め寄ると、

「想像力が豊かなもので……」

ハニーさんはポッと頬《ほお》を赤らめる。

「……言っておくけど褒《ほ》めてないわよ」

リカは憮然《ぶぜん》とした表情を浮かべた。


歩き始めてきっかり三時間後――。

「この向こうが宮殿ですわ」

と、ハニーさんが不意に前方のなだらかな丘を指差した。

今までの風景となんら変わりがないように思えるのだが、よく見ると、数メートル先に矢印の形をした看板がぽつんと立っていた。

看板には「この先宮殿」とある。

宮殿のある場所といえば、普通はその国の首都だ。

もっと賑《にぎ》やかな場所——たとえば大きな都市の中心にあるのかと思っていただけに、なんだか拍子抜けするような感じであった。

「丘の向こう……」

和人《かずと》は一気に目の前の丘を駆け上がると、そこから眼前に広がる風景を見下ろした。

「あ……」

「どうしたの？」

シロと共に追いついてきたリカが、唖然《あぜん》としたままの和人の視線を辿《たど》り、そこに見える巨大な建造物に目を向けた。遠くから見ているので目測にしか過ぎないが、高さだと数百メートル。幅も同じくらいの大きさはあるだろう。

他になにもない草原に、ぽつりと巨大な宮殿だけが存在しているのである。

「……なんだか、個性的な宮殿だな」

「ほんと……」

和人が漏《も》らした感想に、リカは同意するように大きく頷《うなず》いた。

宮殿というからには、なんとなく「城」のようなものを想像していたのだが、目の前に出現したのは、球体状の建物と言えばいいのだろうか……。

有《あ》り体《てい》に言えば、どう見ても巨大な蜂《はち》の巣であった。

「あそこには、女王様と多勢の兵士がいるのです」

近寄ってきたハニーさんが解説するように言った。

「なんであんな形をしてるわけ？」

「さあ……昔からの伝統ですので」

リカの質問を、ハニーさんは一言で片付けてしまった。

もっとも、和人たちの目から見れば奇妙な建物だが、この星の人々にとってはなにが不思議なのか分からない……というところだろうか。

やはり、これも文化の相違というものなのである。

「とにかく……あそこにワるきゅーレがいるのは間違いないんだ」

和人は気を取り直したように表情を引き締めた。

ここに来た目的は、ワるきゅーレを取り戻すことにあるのだ。

「でも、どうやって忍び込むの？」

リカは宮殿の入り口の辺りに視線を向けた。

城壁こそないものの、さすがに宮殿の周囲の草は刈られており、正面の出入り口と思われる場所には番兵らしき数人の兵士の姿が見える。

彼女たちに見つからず、宮殿内に忍び込むのは至難の業《わざ》だろう。

遠目に見る限り、宮殿には窓すら存在しないのだ。

「別に忍び込む必要なんかないさ」

リカの質問に、和人《かずと》ははっきりと言い放つ。

「え……？」

「相手は間違えてワるきゅーレを連れていったんだ。返してもらうだけなんだから、堂々と正面から入ればいいだろう」

「そりゃ、そうかもしれないけど……」

問題は果たしてその道理が通用するのだろうか、ということなのである。

「よし、じゃあ行こう」

戸惑うリカを置いて、和人はシロを伴ったまま、さっさと丘を下り始めた。

「ちょっと待ってよ……」

と、リカは慌《あわ》ててその後をついていこうとしたが……。

「では、お気を付けて」

ハニーさんはメーヤを抱きかかえたまま、草むらの中にしゃがみ込んだままだ。

「あなたたちは行かないの？」

「私どもは、あなた方が番兵に捕らえられるかどうかを見届け、その隙《すき》に忍び込ませて頂こうかと考えております」

「……本っ当に自分勝手な人ねっ」

リカが心底腹立たしげに言い放つと、

「そんな……」

と、ハニーさんは微笑《ほほえ》みを浮かべ、恥ずかしそうに目を伏せた。

「だから、褒《ほ》めてないってのっ!!」

リカがそんな不毛なやりとりをしている間にも、和人たちはどんどんと宮殿へ近付いていっている。

「あ、ちょっと待ってって」

「では、ごきげんよう」

丘を駆け下りていくリカを、ハニーさんはにこやかな笑みを浮かべて見送った。

4

「何者だっ!?」

宮殿の近くまで来ると、当然のように数人の兵士たちがその行く手を遮《さえぎ》った。

改めて見るのは初めてだが、女王の兵士はゲリラとも言える村人たちとは違って、全員黒い甲冑《かっちゅう》を身に纏《まと》っている。

もっとも、彼女たちは武器による戦いをしないので、甲冑は相手の針から身を守るためのものなのだろう。

——そういえば、あの眠りこけていた兵士たちはどうしたのかな？

兵士たちを前にして、和人《かずと》はふとそんなことを考えた。

おそらく、和人たちが最初に村に来た時のように、どこかの牢《ろう》に閉じこめられているのだろうが……。

「何者だと訊《き》いているっ!!」

「あ……僕は時野《ときの》和人と言います」

再び問われ、和人はハッとしたように自らの名を名乗った。

「トキノ……？」

「ワるきゅーレを迎えに来ました」

「は……？　ワるきゅーレ？」

兵士は和人の言葉にことごとく首を捻《ひね》った。

女王方には和人たちの情報はまったく伝わっていないのか、あるいは下っ端である兵士たちにはなにも知らされていないのか。

どちらにしても、滅多に異星人の訪れないこの星の兵士にとって、和人たちの存在はよほど奇異に映ったのかもしれない。

兵士は目を細め、マジマジと和人とリカを見つめると、

「そ、そっちのブサイクな生き物はなんだ？」

と、和人の足下にいたシロを指差した。

「シロです」

「しろ……？」

簡単に答えられ、兵士は戸惑ったような表情を浮かべる。

目の前で侮辱《ぶじょく》されたシロは不満げな顔をしていたが、和人は素早く目配せして黙っているように指示した。ここでシロが口を開いて文句でも言おうものなら、更にややこしいことになってしまう。

「それよりも、ワるきゅーレに会わせてください」

「なに……？」

「ここに間違って連れてこられているはずなんです」

和人は再び訴えたが、兵士には意味がよく分かっていないらしい。

いつまでも押し問答をしていても仕方がないと判断した和人は、

「通らせてもらいます」

と、強引に進み始めた。

「なっ……ち、ちょっと待て。ここは宮殿だぞっ」

兵士は慌《あわ》てて和人の前に立ち塞《ふさ》がった。

「お兄ちゃん……」

隣にいたリカが、チョンチョンと肘《ひじ》で和人《かずと》を小突いた。

「もっと順序立てて説明しないと、この人たちも分からないわよ」

「だけど……」

と、和人が口ごもった時、

「あっ……!!」

近くでジッと和人を見つめていた別の兵士が、なにかに気付いたように声を上げた。

「こ、こやつ男なのでは?」

「男……!?」

対峙《たいじ》していた兵士が驚いたように、和人から半歩身を引いた。

存在は知っていても、まず会うことのないこの星の人々にとって、ある意味で「男」とは異星人よりも驚愕《きょうがく》すべき存在なのだろう。

「貴様……男なのか?」

「ええ、そうですけど」

「ま、待て……男なら、なおさら宮殿に入れるわけにはいかん」

「どうしてですか?」

「そ、それはだな……」

兵士は口ごもりながら、今までとは違った好奇心に満ちた目で和人を見つめる。村人たちもそうだったが、よほど男がめずらしいのだろう。

――ハニーさんたちが運動を起こす理由が分かるような気がするな。

元から単性の種族ならともかく、この星では女王の命令によって無理やり生物としての権利を取り上げられているのだ。

やはり、どこかがおかしくなってくるのも当然と言えるだろう。

和人が溜め息をつきながら、どうやって宮殿の中へ入れてもらうべきかと考えていると、

「侵入者だーっ」

別の場所から警戒を促《うなが》すように声が響いてきた。

反射的に声のした方に視線を向けると、そこにはメーヤの手を引いて兵士たちから逃げまわるハニーさんの姿があった。

「あら……見つかっちゃったのね」

リカは呆《あき》れたように呟《つぶや》いた。

和人たちをおとりにしたというのに、自分たちの方が先に見つかっては意味がない。

「あれは……王女殿下ではないか!?」

ハニーさんの連れている小さな少女を見て、和人の前にいる兵士が驚いたような声を上げた。どうやらメーヤの顔を知っていたらしい。

「ああっ、和人《かずと》様っ!! 見つかってしまいましたわ」

ハニーさんは兵士たちから逃れ、和人の元へと走り寄ってくる。

「なに、貴様たちはグルだったのか?」

兵士はキッと和人とリカを睨《にら》みつける。王女が絡んでいる以上、好奇心で和人を見ているどころではないのだろう。

「王女様を誘拐した、反女王派の者たちだなっ!?」

「あ……いや、それは……」

「お言いつけ通りに致しましたが、どうやらここまでのようです」

「は?」

ハニーさんの言葉に、和人は思わず首を捻《ひね》る。

お言いつけ通りもなにも、ハニーさんになにかをしろと言った覚えなどない。

「ああ……お許しくださいませ。決してあなたのご命令に逆らったわけでは……」

「ちょっと……人を勝手におとりにしておいて、なにを……!!」

リカが、ハニーさんの企《たくら》みに気付いて抗議の声を上げた。

ことが失敗してしまった以上、すべてを和人の命令によるものとして、ひとりだけ難を逃れようという腹なのだろう。

「どうなってるんだ? とにかく、全員……」

兵士が混乱した頭を整理するかのように口を開いた時。

ヒュウウウーンッ!!

と、凄《すさ》まじい音と共に、上空からなにかが墜ちてきた。

「な、なんだっ!?」

「あわわわっ、こっちに来るぞっ!!」

凄まじいスピードで落下してくるものから逃れようと、兵士たちは右往左往したが、どこへ逃げればいいのか見当もつかない。

バラバラと逃げ出す兵士たちのど真ん中。

ドーン!!

と、派手な音と共に地響きがして、落下してきたものは地面に突き刺さった。

「円盤……?」

和人は、どこかで見たような光景を唖然《あぜん》と眺めた。

その円盤のハッチが開き、そこからは見知った顔がひょいと覗《のぞ》く。

「まったく……まともな着陸ができないのかよっ」

「ほんと、酷《ひど》い目に遭《あ》ったわ」

出て来たのは、ハイドラと秋菜《あきな》である。

突然やって来た円盤から現れた異星人の姿に、兵士たちはパニック寸前であった。自分の勤務時間にこんな事態が起こったことを、呪わずにはいられなかっただろう。

それでも宮殿警護という務めを全《まっと》うするため、

「貴様たちは何者だっ⁉」

と、果敢《かかん》にも誰何《すいか》の声を上げた。

忠実な兵士の鑑《かがみ》である。

だが——。

「ああっ、婿殿《むこどの》っ⁉」

次に出てきた真田《さなだ》さんは、和人《かずと》たちに気付いて感極まった声を上げると、

「ちょっと邪魔です。どいてくださいなっ」

と、立ち塞《ふさ》がろうとした兵士を蹴《け》り倒した。

「真田さん……秋菜《あきな》もハイドラも、どうしてここに？」

「和人様〜っ」

最後に出てきたライネが、猛スピードで和人の元へと駆け寄ってきた。

「……ライネさんまで？」

「心配しましたわっ。探したのですよぉ〜」

ライネは和人に近寄ってくると、ボロボロと涙を流した。

「ケッ、よく言うぜ」

　あれほど面倒くさがっていたというのに、和人と再会した途端に態度を豹変《ひょうへん》させたライネを見て、ハイドラは呆《あき》れたように呟《つぶや》いた。

「本当に心配したんですのよ～」

　ライネは和人に抱きつくと、おいおいと泣き崩れる。

「ち、ちょっと……」

　秋菜がムッとしたような表情を浮かべ、和人からライネを引き離そうとしたが、それ以上に激しい反応を示したのはハッチ族の兵士たちであった。

　ライネが和人に抱きついた途端――。

「おおおっ!!」

「デ・カルチャー!!」

　遠巻きに見つめていた兵士たちから、一斉《いっせい》にどよめきが起こった。

　実際には、それほど色っぽいシーンでも感動的な場面でもないのだが、異性と接することのないハッチ族には十分刺激的であったようである。

　兵士たちは身動きひとつせずに、呆然《ぼうぜん》と抱き合う和人とライネを見つめていた。

　もしかすると、出産の権利が女王だけのものとなる以前の……彼女たちの身体《からだ》の奥底に眠る過去の記憶が、抱き合う和人とライネの姿に呼び起こされたのかもしれない。

「し、神妙にしろ!!」

やがて、ハッと我を取り戻した兵士たちは、再び和人《かずと》たちに対する包囲を狭《せば》めていく。

使命に対する義務感はまだなんとか残っているらしく、いつの間にか、周りは兵士たちで一杯になっていた。

ハイドラはその兵士たちをぐるり見まわすと、

「ところでこいつらはなんだ？　どういう状況なんだ、これ？」

と、リカに訊《き》いた。

「んー、話せば長いことながら……」

どこから説明すればいいのか、リカは本気で悩んでしまった。

第五章　宮殿潜入

1

宮殿の周辺は混乱の様相を呈してきた。

和人とリカを除いた誰もが、どうすればいいのか分からず、その場からまったく動けない状況に陥ってしまったのである。

「このへんな格好したやつらは敵なのか？」

ハイドラに問われたリカは、思わずう～んと唸《うな》ってしまった。

敵といえば敵かもしれないが、その辺りの区別が今ひとつ明確ではないのだ。

確かに女王と敵対するハニーさんたちには（少しだけ）世話になったが、別に女王と戦おうなどという意志はないのである。

だからこそ、和人は正面から乗り込んでワるきゅーレを返してもらおうとしたのだ。

けれど、兵士があくまでも妨害するのであれば力尽くで突破せざるを得ない。

「どう……なのかなぁ」

リカは曖昧《あいまい》に言葉を濁した。

「ところで……」

と、真田《さなだ》さんは和人《かずと》にそっと尋ねる。

「あの姫様と一緒にいる方はどなたです?」

「ハニーさんといって、まあ……僕たちを(一応)助けてくれた人かな?」

「それで、姫様があんなに懐《なつ》いているのですか?」

真田さんは、少し嫉妬《しっと》したような複雑な表情を浮かべた。

すでに自分を見ているはずのワるきゅーレが、まったく近寄ってくることもなく、黙ってハニーさんに抱かれているのを不審に感じたのだろう。

「あ……いや、あの娘《こ》は違うんです」

「違う?」

「ワるきゅーレじゃなくて、この星の王女様なんですよ」

「え……でも……」

真田さんは目をパチパチさせながら、ハニーさんに抱かれたメーヤと和人を交互に見た。

確かにそっくりなので、真田さんが間違えるのも無理はない。和人がメーヤの頭についた触角について説明しなければ、容易に信じることはできなかったに違いない。

「宇宙によく似た人は三人いるとは言いますが……」

真田さんを始め、黙って話を聞いていた秋菜《あきな》たちも、不思議なものを見るかのようにメーヤを見つめた。

「それで……本物の姫様はどこに？」

と、真田さんはキョロキョロと辺りを見まわした。

「いや、それがその……誘拐されちゃったんだ」

「は？」

和人が言いにくそうに口を開くと、真田さんは目を点にした。

「だから……ここの宮殿にいる女王様に連れていかれたから、取り戻しに来たんだ」

「ゆ、誘拐っ!?」

真田さんはもちろん、他の者も一斉《いっせい》に驚いた声を上げた。

「つまりっ、この大悪人たちが姫様を拐《かどわ》かしたとおっしゃるのですねっ!!」

「いや、悪人というかなんというか……」

「左様でございます」

返答に困った和人に代わり、いつの間にか近くに来ていたハニーさんが、悲痛な表情を作って真田さんの思い込みに同意するかのように頷《うなず》いた。

「諸悪の根元は、この宮殿にすくう女王なのですっ!!」

「……おいおい」

拳《こぶし》を握って力説するハニーさんに、リカが呆《あき》れた表情を浮かべた。

どうあっても和人《かずと》たち一行を使って混乱を起こさせるつもりらしい。

「許せませんっ!!」

まんまとハニーさんの策略に乗せられた真田《さなだ》さんは、どこからかいきなりバズーカ砲を取り出した。一番過激な方法を取ろうというのである。

「ち、ちょっと真田さんっ!?」

「うりゃっ!!」

和人が止める間もなく、真田さんは兵士たちに向けてバズーカを発射した。

「うわわわっ!!」

兵士たちが慌《あわ》てて散開したために、派手な爆発が起こっただけで被害はなかった。

だが、それが口火となって、辺りは再び混乱に陥る。

「あの者たちは危険な武器を持っているぞっ!!」

「応戦しろっ!!」

兵士たちはどうやら和人たちをはっきりと「敵」と認識したらしく、攻撃のために次々と周囲に散っていた仲間を呼び集め始めた。

こうなっては、平和的に女王に取り次ぎを頼むなどということは不可能だろう。なんとか自力でワるきゅーレを見つけ出すしかない。

和人はシロと共に、宮殿の入り口へと乱戦の中を走り出した。

HYPER POWER MAXIMUM
HYPER POWER MAXIMUM
HYPER POWER MAXIMUM
HYPER POWER MAXIMUM
HYPER POWER MAXIMUM
HYPER POWER MAXIMUM

「どこへ行くの、和人《かずと》っ!?」

「宮殿の中だっ、ここにワるきゅーレがいるんだ」

秋菜《あきな》にそう答えると、和人は一直線に宮殿へ向かう。

「待って、あたしも行くから……」

そう言って後を追い掛けようとする秋菜の袖《そで》を、ハイドラが握って引きとどめた。

「おい、秋菜っ!! 早くオレの封印を解けっ」

「え……?」

「これだけの敵がいるんだっ、真田《さなだ》さんだけじゃ手に余るだろう」

「それは……」

秋菜はふと兵士たちの中で暴れまくっている真田さんを見た。

ワるきゅーレを拉致《らち》した極悪人が相手だと思っている以上、ボルテージが上がっているために簡単にはやられることはないだろうが、所詮《しょせん》は多勢に無勢。

次々とやってくる兵士を前に、いくら真田さんでも限界がある。

「もう……仕方ないわね」

秋菜はハイドラの額に手を伸ばした。

「封印解除!!」

秋菜がそう言った途端――。

ハイドラの額に今までは見えなかった御札《おふだ》が光と共に浮かび上がった。

ワルキューレを追ってきたハイドラが羽衣町《はごろもちょう》で大暴れした時、秋菜によって掛けられてしまった封印の御札だ。

御札が秋菜の手に戻ると同時に、今度はハイドラの身体が光に包まれる。

そこにはすでに、本来のヴァルハラ皇女《おうじょ》の姿に戻ったハイドラが、美しい肢体《したい》を見せつけるように立ちつくしていた。

「よーし、これで怖い者なしだぜ」

ハイドラは活力に満ちた表情を浮かべると、手のひらを合わせ、両手の中にかなりの破壊力を持つプラズマの光球を作り出した。

真田さんの援護とかなんとか言いながらも、結局は暴れたいというのが本音のようだ。

「秋菜は和人と一緒に行けっ!!」

「うん……」

「あたしも行くわよ」

ここで置いていかれてはたまらない……とばかりに、リカは自ら名乗りを上げた。

無力な中学生がこんな乱戦の中にひとりでいれば、最後は兵士に捕まるか、真田さんやハイドラの流れ弾に当たるという悲惨な結末を迎えかねない。

「分かったわ。ライネは……」

と、秋菜《あきな》は周囲を見まわしたが、彼女の姿はどこにもない。

「とっくに逃げっちまったよ!!」

ハイドラはそう言うと、手の中の光球を兵士にめがけて放つ。

戦場さながらの爆音が響き渡る中、秋菜とリカは和人《かずと》を追って宮殿へと向かった。

「和人はどこまで行ったのかな?」

「……あそこにいるわ」

リカが指差したのは、宮殿の入り口の前でウロウロとしている和人とシロの姿である。

「和人、どうしたの?」

もうとっくに宮殿内に侵入しているのかと思いきや、和人は途方に暮れたような表情で近付いてきた秋菜たちを振り返った。

「ドアがどこにもないんだ」

「ドア?」

秋菜は目の前にある巨大な宮殿の壁を見上げた。

確かに、正面玄関のような装飾はあるのだが、肝心のドアらしきものはどこにもない。

「なにか特殊な方法で開けるんでしょうね」

リカはそう言いながら、そっと宮殿の壁に触れてみた。なんだか本物の蜂の巣のように、柔らかく丈夫そうな手触りだ。

どんな素材でできているのか想像もつかなかった。

「フン、フン」

シロが壁の匂《にお》いをかいでドアを探そうとしているが、簡単には見つかりそうもない。

「どうするの？　ここまで来て、もう引き返せないわよ」

リカは背後を振り返った。

真田《さなだ》さんとハイドラが暴れまわっているために、兵士たちはその場で釘《くぎ》付けになっているが、いつこちらに気付いてやってくるか分からない状況なのだ。

「だけど……」

為す術のない和人が困ったような表情を浮かべると、

「どいて、あたしがやってみる」

と、秋菜が壁の前に立ち、懐《ふところ》から御札《おふだ》を何枚か取り出した。

「どうするんだ？」

「こうするのよっ」

秋菜は壁に何枚かの御札を貼《は》り付けていくと、目を閉じて両手で印《いん》を結んだ。

「臨兵闘者皆陳列在前《りんぴようとうしやかいじんれつざいぜん》……オンッ!!」

気合いの入った秋菜の言葉と同時に、
ボボンッ!!

と、白く発光した御札《おふだ》が次々と爆発して壁を破壊していく。

「よしっ、これで……」

秋菜《あきな》が軽く叩くと、壁はボコッと音を立てて崩れ落ち、ちょうど人ひとりが通り抜けられるくらいの大きさに穴が開いた。

「さあ、行くわよっ」

「秋菜ちゃんの術《じゅつ》って……もはや、なんでもアリね」

真っ先に宮殿に入っていく秋菜を見つめながら、リカは唖然《あぜん》としたように呟《つぶや》いた。

2

宮殿の内部は独特の作りであった。

通路を進むと小さな部屋があり、また通路……という感じだ。どの部屋も似たような感じなので、歩いても歩いても、まるで風景は変わらない。

「……なんだか、ややこしいところね」

リカは木目調で統一された壁に触れた。

手触りは外壁と同じような感じだが、少しだけ建物内部の方が柔らかい気がする。

「別にケチをつけるつもりはないけどさぁ」

秋菜は次々と現れる部屋を眺めながら、

「あたしの趣味には合わないなぁ」

と、眉根《まゆね》を寄せた。

「ところでさ」

リカは先頭を歩く和人《かずと》に声を掛けた。

「ワるQがどこにいるのか分かってるわけ？」

「分からないよ、そんなの……」

和人はムスッとした顔で答えた。

「闇雲《やみくも》に歩きまわって大丈夫なの？」

「だけど、どうしようもないじゃないか」

適当に歩いては確かに意味がないようにも思えるのだが、宮殿内部の地図がない以上は、とにかく進むしか方法がないのだ。

もっとも、地図があったところで、この複雑そうな内部構造では目的地につけるかどうかは疑問である。宮殿の人間は、迷子にならずにちゃんと移動できるのだろうか……と、疑問に感じてしまうほどややこしい。

「ここは……」

しばらく進むと、それまでとは少し違った場所に出た。

今までよりもかなり大きな部屋が連なっているし、ベッドや調度品らしきものが置かれているところを見ると、どうやら居住区なのだろう。

「あたしの趣味じゃないなぁ……やっぱり」

黒と黄色のボーダー柄《がら》のシーツを見て、秋菜《あきな》は再び眉根《まゆね》を寄せた。

「ねえ……これ、なにかしら？」

リカが見つけたのは、部屋の中央にあるテーブルの上に置かれた籠《かご》であった。

中には赤いものが一杯に入っている。

「……なんだろう？」

和人《かずと》はひとつ手に取ってみた。

どうやらなにかの木の実のようだ。ひょうたん形の赤い実で、匂いをかいでみると、甘酸っぱいような香りがする。

「ハッチ族の食べ物？」

秋菜の疑問に、和人とリカは顔を見合わせた。

確かハニーさんの話では、ハッチ族の主食は蜂蜜《はちみつ》のような甘い飲み物だったはずだ。とは言っても、別に副食があってもおかしくはない。現にメーヤは主食以外にも、なんでも食べていたはずであった。

「……そういえば、ハニーさんはどうしたんだろう？」

和人が、ふと思い出したように言った。

「あたしたちが宮殿に入る時には、すでに姿がなかったような気がするけど……」

リカは少し首を捻《ひね》ったが、

「ま……いいじゃない。放っておけば」

と、軽く受け流した。

はっきり言って、もうあまり一緒にいて欲しくない。今度はどんな形でおとりにされるのかと思ったら、あの狡猾《こうかつ》な女性にはうっかり背中も向けられなくなるからだ。

その時――。

「……あうあうっ!!」

誰もいない方向に向けて、シロが不意に鳴き声を上げた。

「どうしたの、シロ？」

「誰か来たのか!?」

宮殿の者がやって来たのかと緊張したが、どうやらそうではないらしい。シロはなにかに気付いたらしく、尻尾《しっぽ》を振りながら奥の方にある部屋へと駆け出していく。

「……？」

その様子を不思議に思った和人たちが後を追っていくと、シロはある場所まで来て立ち止まった。ぽつんと離れた場所にある部屋のひとつだ。

「なんの部屋？」

と、秋菜《あきな》が室内を覗《のぞ》き込むと……。

そこには、背中を向けて窓の外を眺めていたワるきゅーレの姿があった。

「ワるＱ!?」

「あんた、今までどこに……」

秋菜とリカが同時に声を上げると、彼女は驚いたように振り返り、パッと顔を輝かせた。

「リカちゃん、秋菜ちゃん!!」

ワるきゅーレは急いで駆け寄ってくると、ようやく母親に会えた子供のように、リカのスカートにギュッとしがみついた。

「あう、あう」

「あーん、シロ〜っ、寂しかったよぉ」

シロが近寄っていくと、今度はその白い身体《からだ》を抱きしめる。

「ずっと捕まってたの？」

「変なところにひとりでいたの……」

リカが尋ねると、ワるきゅーレは曖昧《あいまい》な返事をした。

事情はよく分からないが、少なくともハニーさんが想像していたような拷問《ごうもん》を受けるような目には遭《あ》っていないようだ。

だが——。

「ワるきゅーレっ!!」

ようやく見つけることのできた喜びに、和人《かずと》が思わず彼女の元へ駆け寄った途端。

「……っ!!」

なぜかワるきゅーレは、和人から身を遠ざけるかのように後ずさった。

「どうしたんだ。ワるきゅーレ？」

「…………………」

なにも答えようとしないワるきゅーレに、和人は混乱してしまった。

目の前にいるワるきゅーレからは、あの屈託《くったく》のない笑顔を見ることはできない。それどころか、あれだけ慕《した》っていた和人に決して近付いてこようとはしないのである。

その反応は秋菜やリカにとっても意外であった。

てっきりいつものように、

「かずと〜っ」

と、甘えた声で応じると思い込んでいたのである。

——もしかして、この娘もハッチ族の王女なのか？

「いや……そんなはずはない」

和人は自らの考えを否定するように首を振った。

秋菜たちに対する受け答えを聞いている限り、彼女が本物のワるきゅーレであることは間違いない。第一、ずっと一緒だった彼女を和人《かずと》が見間違うはずはないのだ。

だが、どうしても奇妙な違和感を感じるのも確かであった。

和人を避けること自体がおかしいのだが、それ以外にもいつもとは違うなにかを感じる。

「ワるきゅーレ……だよな？」

確認するように問い掛けても、ワるきゅーレは答えなかった。

「あ……」

ジッとワるきゅーレを見つめていた和人には、ようやく違和感の原因が分かった。

目の前にいるワるきゅーレは、昨日までよりもほんの少し大きくなっている。

「成長……してるのか？」

「えっ？」

和人の言葉に、秋菜《あきな》とリカは同時にワるきゅーレを見た。

「言われてみればそんな気もするけど……」

「ううん……間違いないわ。本当に昨日よりも大きくなってる」

普段からワるきゅーレに接することが多い上に、昨日まで一緒だったリカの言葉は確信に満ちていた。

身長にすると五センチ足らずではあるが、一日でいきなり成長するなどあり得ない。

「これはどういうことなんだ？」

和人は自問するように呟《つぶや》いた。

「でも、ワるＱは元々宇宙人なんだから、成長の度合いがあたしたちと違っても不思議じゃないいんじゃない？」

「んー、まあ……普通ならそうなんだけどねぇ」

秋菜の意見をリカは消極的に否定した。

「違うの？」

「ワるＱが子供の姿だったのは、お兄ちゃんに魂の半分をあげたからであって……」

「あっ」

秋菜はようやく気付いたように、ハッと口元を押さえた。

その時――。

「姫様～っ、婿殿《むこどの》～っ!!」

和人たちが通ってきた通路の向こうから、真田《さなだ》さんの声が聞こえてきた。

「真田さん、こっちよ」

秋菜が声を上げて誘導すると、間をおかずして真田さんが部屋に飛び込んできた。

「あ、秋菜さん」

「外はどうなったの？」

「現在は、ハイドラ様が兵士たちの足止めを……あ、姫様っ!!」

そこまで言い掛けた真田《さなだ》さんは、めざとくワるきゅーレの姿を見つけると、凄《すさ》まじい勢いで駆け寄ってきた。

「姫様〜っ、私は心配しましたよぉ〜っ」

「ワルちゃんは平気だよ」

「ご無事でなによりでしたぁ!!」

自分を抱きしめながら感涙にむせぶ真田さんに、ワるきゅーレは秋菜《あきな》やリカの時と同じように、いつもとまったく変わらぬ様子で喋《しゃべ》り掛けている。

和人《かずと》はそんなワるきゅーレを、困惑した表情で見つめた。

「……って、あら?」

なにかに気付いたように、真田さんは改めてワるきゅーレを見た。

「なんだか、いつもの姫様と違うような……」

そう言うと、真田さんはワるきゅーレの頭からつま先までをじっくりと観察した。

さすがに姫様一筋と豪語するだけのことはあって、

「あらあら……」

と、すぐにワるきゅーレの変化を悟って笑みを浮かべた。

「姫様、ご成長なさったのですね!!　私は嬉しいですっ」

「そういう問題じゃないでしょ!?」

リカが口を挟むと、真田《さなだ》さんは不意に不安げな表情になる。

「まさか……ここの女王とやらに、なにかをされたのですかっ!?」

「ワルちゃん……よく分からない……」

と、ワるきゅーレは首を振った。

身体が大きくなるのに比例して、精神も成長しているわけではなさそうだ。受け答えを見ている限り、以前のワるきゅーレと大差はない。

「……本当にどうしたんだよ、ワるきゅーレ」

和人《かずと》がそう言って近付こうとすると、ワるきゅーレは無言のまま、さっと真田さんの背中にまわり込んだ。

「え……?」

その様子を見て、真田さんはようやく事態の深刻さに気付いたらしい。

と、驚いたように目を丸くした。

3

「おう、ここにいたのか」

ドカドカと派手な足音がして、和人たちのいた部屋にハイドラがやって来た。

ずっと入り口で兵士たちの足止めをしていたのだが、ようやく追いついてきたらしい。

「ハイドラ……外の兵隊さんたちは？」

「全部吹き飛ばしてやったぜ」

秋菜《あきな》が訊《き》くと、ハイドラは得意げに胸を張る。

「丈夫そうなやつらだから、死んじゃいないと思うが……」

そこまで言ったハイドラは、ふと皆の雰囲気がおかしいことに気付いて首を捻《ひね》った。

なぜか、その場にいた全員が複雑な表情を浮かべているのだ。

「なにかあったのか？」

と、ハイドラは周囲にいた者へと順に視線を向けていく。

そして真田さんと一緒にいるワるきゅーレの姿を見つけ、ふっと表情を弛《ゆる》ませた。

「どうやら見つかったらしいな」

だが、それにしては和人たちの反応がおかしい。

ハイドラは不思議そうに、再び周りにいた者たちを見まわした。

「おいおい、一体どうしちまったんだよ？」

「……ワるQを見て、なんかおかしいとは思わない？」

「おかしい？」

リカの言葉に、ハイドラは改めてワるきゅーレを見つめた。

「そう言われてみれば、なんだか少し大きくなったような気がするが……」

「それだけじゃないのよ」

秋菜《あきな》が溜め息をつくように言う。

「ワるQ……和人《かずと》のことが嫌いになっちゃったの」

「はあ？」

ハイドラはあんぐりと口を開けた。

小さくなったワるきゅーレの目には、和人だけしか映っていなかったはずだ。

だからこそ、ハイドラも色々と苦労させられたのだが……。

「どういうことなんだ？」

「ワルちゃん、別にどこもへんじゃないよ」

ハイドラが問い掛けると、当のワるきゅーレはキョトンとした表情で答えた。

「だけど、おめえ、和人が嫌いになったんだろ？」

「和人って？」

「おいおい……」

嫌うどころか存在すら忘れてしまったかのようだ。

ハイドラは呆然《ぼうぜん》としたままの和人を引っ張り寄せると、

「こいつのことだよ、忘れちまったのか？」

と、ワるきゅーレの前に立たせた。

「……っ!?」

和人が目の前に来ると、ワるきゅーレは慌《あわ》てて逃げ出すそぶりを見せた。

嫌うというより、まるで恐れているかのような態度だ。

「こいつが和人だよ」

「いやーっ、いやーっ!!」

ハイドラが和人を指差すと、ワるきゅーレは目をつぶって大きく首を振った。

「おい、どうなってるんだ？」

ワるきゅーレのあまりの変わりように、ハイドラは説明を求めて秋菜を振り返った。

「どうしようもないわね……これは」

「やっぱり、ここの女王様になにかされてしまったのでしょうか？」

真田《さなだ》さんがオロオロとしたまま問い掛けた。

「それしか考えられないじゃない」

「けど……」

リカは不思議そうに口を挟んだ。

「どうやって、お兄ちゃんを嫌いにさせることができたんだろう。ここに洗脳するための機械でもあるのかしら？」

「洗脳っ!?」

真田《さなだ》さんが小さく悲鳴を上げた。

なんだか突飛《とっぴ》すぎるような気もするが、確かにワるきゅーレの反応を見る限り、あり得ない話ではない。

「でも、なんのために洗脳なんかするの？」

「う～ん……」

秋菜《あきな》の言葉に反論できる者は誰もいなかった。

完全に人格を変えてしまうのならともかく、和人《かずと》だけを嫌うよう仕向けることに、なんの意味があるというのだろうか。

「つーことはなにか？　これは病気かなにかか？」

「病気ねぇ」

ハイドラの意見にリカは首を捻《ひね》った。

洗脳よりは現実的かもしれないが、風邪《かぜ》ひとつひいたことのないワるきゅーレが、にわかに病気になるとは考えにくい。

他にもあれこれと理由を考えてみたが、どれも当てはまらないような気がするのだ。

「やっぱり……訊《き》いてみるしかないな」

ずっと無言でいた和人が、ぽつりと呟《つぶや》くように言った。

「でも、ワるQ本人はなにも分からないみたいよ」

「いや……ワるきゅーレにじゃないよ」

和人はリカに首を振って見せると、まだまだ続く通路の先を見つめる。

「もしかして、女王様のこと?」

「ああ」

ワるきゅーレが和人を嫌うようになったのには、必ずなにか理由があるはずだ。だとすると、それを知っていると思えるのは女王以外にはない。

「よし、ここでグダグダ言っててても始まらないんだしな」

ハイドラは大きく頷《うなず》くと、先頭に立って通路を先へと進もうとした。

が……。

「どわわっ!!」

通路の先にはいつの間にかひとりの女性が音もなく立っていて、その姿に驚いたハイドラは慌《あわ》てて後退《あとずさ》った。

容姿からするとハッチ族……。

この場にいることを考えれば、宮殿に仕えている兵士に間違いないだろう。だが、その女性は他の者たちに比べて、二倍はあろうかというほどの巨体を持っていたのである。

「な、なんだ……てめえはっ」

ハイドラは虚勢《きょせい》を張るように叫んだが、その声は驚きのあまり裏返っていた。

「宮殿の侍従《じじゅう》武官長を務めるネーヤと申します」

女性は低い声で言うと、ペコリと頭を下げた。

村人や兵士には美貌《びぼう》の持ち主が多く、ハッチ族の女性はすべて美女ばかりなのかと思っていたが、中には例外もあるらしい。

その女性は実に個性的な容貌《ようぼう》の持ち主であった。

和人《かずと》たちは一斉にブルドッグを想像したが、見事に盛り上がった腕の筋肉を見るにつれ、それを口に出す勇気のある者は誰もいなかった。

ただひとりを除いて……。

「あははは っ!! ワンコだ、ワンコ。シロの友達だよ～」

こともあろうか、ワるきゅーレは女性を指差してケタケタと笑い始めたのである。

途端、女性の額にビッと太い青筋が浮かんだ。

「……っ!!」

和人たちの顔からサーッと血の気が引く。

こんな巨体の持ち主に暴れられたら大変なことになってしまう。

「ひ、姫様っ!!」

真田《さなだ》さんは慌《あわ》ててワるきゅーレの口を両手で塞《ふさ》いだが、一度口にしてしまったことを取り消すわけにもいかない。

「い、いや……その……」

なんと言い繕《つくろ》えばいいのか言葉に迷っていた和人に、

「女王陛下の使者として参りました」

と、ネーヤは怒りを噛《か》み殺したような声で言った。

「女王の……？」

「はい、陛下が皆様方にお会いしたいと申しておられます」

「…………………」

突然の申し出に和人たちは思わず顔を見合わせた。

なんだかタイミングがよすぎるような気もするが、ちょうどこちらから出向こうとしていたところなのだ。

「別に断る必要もないんじゃない」

「そのようね」

秋菜《あきな》とリカが頷《うなず》き合った。

「では、こちらへどうぞ」

ネーヤはスッと通路を指し示すと、和人たちの前に立って歩き始めた。

4

案内されたのは、かなりの広さを持つ大広間であった。

今まで見てきた部屋の数十倍はあるだろう。

——ここが宮殿の中心なのかな？

和人《かずと》は部屋を進みながら室内を見まわした。

規模の大きな吹き抜け構造で、部屋全体が円形をしているらしい。壁と天井が明確な形で区別されておらず、まるで伏せたお椀《わん》の内部にいるかのようだ。

他の部屋のように単調な作りではなく、壁紙や装飾も豪華なものばかりであった。

それだけでも、ここが特別な部屋だということが分かる。

「さしずめ謁見の間……ってとこね」

と、リカが言った。

兵士たちがずらりと並んで和人たちを迎え……いや、威嚇《いかく》しているところを見ると、おそらくリカの推測は正しいに違いない。

「おーっほっほっほっほっほっ」

突然、どこからか高笑いの声が聞こえてきた。

声のした方を見ると、部屋の一番奥。玉座と呼ぶに相応《ふさわ》しい豪華な椅子《いす》の前で、ひとりの女性が入室してきた和人たちを見つめている。

「……なに、あれ？」

「状況からすると、女王様ではないでしょうか？」

真田《さなだ》さんが自信なさそうに答えた。

なぜなら、そこにいたのは、やたらと露出度の高い黒のボンテージ衣装に身を包んだ女性だったからである。

これで手に鞭《むち》を持っていれば、別の意味でも女王様と言えるだろう。

だが、和人たちが驚いたのは衣装ばかりではない。

本物の女王として相応しいかどうかはともかく、派手な衣装も似合う人が着ればそれなりに見えるのだろう。

だが、少なくとも目の前の女性は完全に浮いていた。

容姿が劣るというわけではなく、むしろ美貌《びぼう》の持ち主であったが、それは数十年前までは……というレベルである。

「どう見ても、勘違いオバサンってとこじゃない？」

「いえ、化粧のせいか一応は若く見えますわ」

「それにしてもあの衣装がねー」

「おだまりっ!!」

それぞれの感想を口にし合っていた女性たちに向かって、女王らしき人物は額に青筋を立てて怒鳴《どな》り声を上げた。

「黙って聞いていれば、言いたい放題に言いおって……」

「だって……ねえ」

と、頷《うなず》き合うリカと秋菜《あきな》、そして真田《さなだ》さん。

ハイドラは興味なさげに兵士たちを見まわしているし、ワるきゅーレに至ってはシロの耳を引っ張ったりしてまるで眼中にない状態だ。

唯一、真剣な表情でいるのは和人《かずと》ぐらいなものだろう。

「わらわはハッチ族の女王……カーヤなるぞっ!!」

「だから?」

秋菜が腕組みをしたまま言った。

「いや……だから、その……もう少し畏怖《いふ》するとか、ひれ伏すとかじゃな……」

「なんで?」

「…………………」

反問され、女王は言葉に窮《きゅう》したようにネーヤを見た。

自分に代わって答えろということなのだろう。

ネーヤはその意を察すると、ズイッと一歩前に出た。

「女王陛下は我らハッチ族の唯一なる母にて、この星のすべてを統治されるお方」

「そ、その通りじゃ」

「でも、あたしはあんたの子供じゃないし、この星に住んでいるわけでもないわよ」

「…………………」

女王はたっぷりと一分間は沈黙すると、

「とにかく……!!　少しは敬意を払えということじゃ!!」

と、無理やり話をまとめた。

生まれついての女王である彼女は、誰もが無条件に従うものと思い込んでいるだけに、秋菜たちのような存在は対処に困るに違いない。

「ワるきゅーレになにをしたんですかっ!?」

沈黙していた和人が、不意に女王に対して口を開いた。

「ワるきゅーレ?」

真剣な表情を浮かべる和人に、女王はようやく余裕を取り戻したらしい。

玉座に腰を下ろすと、ゆったりとした声で答える。

「ああ……兵士がメーヤと勘違いして連れてきた小娘のことか」

「一体、なにをしたんですっ」

「別になにもしてはおらぬ」

と、女王は肩をすくめた。

「でも……その、なんだか大きくなってるし……」

和人《かずと》はワるきゅーレの変化をどう説明してよいのか迷った。

自分のことだけを嫌うようになった……と言っても、今までの和人とワるきゅーレの事情を知らない女王には、意味が分からないかもしれない。

「大きくなっている？　もしかして、それはロイヤルの実を食べてしまったからかもしれんのぉ」

「ロイヤルの実?」

「わらわや王女……そしてごく一部の者しか食べることのできない高級なものじゃ」

女王はそう言うと、傍《かたわ》らに控えていたネーヤに視線を転じた。

「は……確かにロイヤルの実をお出ししました」

「なぜじゃ?」

「その、てっきり王女様だと思っておりましたので」

「ふむ……もったいないことをしたのぉ」

「お願いしますっ、ワるきゅーレを元に戻してくださいっ」

和人は思わず身を乗り出した。

その実がどのようなものか分からないが、原因はそれ以外には考えられない。

だが——。

「それはわらわにも無理じゃ」

女王はあっさりと、けれどきっぱりと言い放った。

「一度食べてしまったものはどうしようもない」

「そ、そんな……」

和人は絶望感にかられてワるきゅーレを振り返った。

彼女はその視線に気付くと、相変わらず逃げるように真田《さなだ》さんにへばりつき、そっとその顔を伏せる。

——この状態がずっと続くのか？

「どうやら身体《からだ》に合わなかったようじゃな。まあ……ロイヤルの実は、わらわたちハッチ族にとっても特殊なものじゃから当然かもしれぬがな」

女王の言葉に、和人は目の前が暗くなる思いがした。

第六章　混戦、混戦

1

「仕方がねえな」

呆然《ぼうぜん》とする和人《かずと》の肩を軽く叩くと、ハイドラは溜め息をついた。

「仕方がないって……？」

「ここにいてもムダだってことだ。このオバサンはワるきゅーレを元に戻すことができないんだろう？」

「オバサン……」

女王はピクリと眉《まゆ》を吊《つ》り上げた。

「だったら、早くこんなところからおサラバしようぜ」

「でも……」

和人はためらうような表情を見せた。

女王はどうすることもできないと言ったが、原因がこの地にあるロイヤルの実である以上、なんとか元に戻す方法があるかもしれないのだ。

「ムダだよ、そんなの。たとえなにか方法があったとしても、あの因業《いんごう》そうなババアがタダで教えるはずないだろう」

「ババア……」

女王の顔に憤怒《ふんど》の表情が浮かぶ。

「地球に戻れば、なにか方法があるかもしれないしな」

「そうね。こんなところでオバサンの演説を聞いてるよりはマシかもね」

リカが同意するように頷《うなず》いた。

「じゃあ、戻りましょうよ」

秋菜《あきな》はくるりと踵《きびす》を返すと、

「行きましょう」

と、真田《さなだ》さんに声を掛けた。

「はい。では失礼しまーす」

真田さんは女王や居並んでいた兵士たちにペコリと頭を下げると、ワるきゅーレの手を引きながら、先に歩き始めた秋菜たちの後を追った。

「ちょっと待つのじゃ!!」

「なによ?」

秋菜がめんどくさそうに振り返った。

「ここまでわらわを侮辱《ぶじょく》した者らは初めてじゃ……」

女王は怒りから全身をプルプルと震わせている。

誰もが自分に傅《かしず》くのが当然と思い込んでいる彼女にとって、秋菜《あきな》やリカの態度には自尊心をいたく傷付けられたらしい。

「許せぬっ!!」

女王は玉座から立ち上がると、片手を振って兵士たちに合図した。

途端、今まで彫像のように身動きひとつしなかった兵士たちが、和人《かずと》たちの行く手を遮《さえぎ》るようにして取り囲んだ。

「なんの真似よ?」

秋菜がキッと女王を睨《にら》みつけた。

「このわらわに対する無礼《ぶれい》な振る舞いを、黙って見過ごすと思っておるのか?」

「無礼もなにも本当のことじゃない」

「キーッ!!　返す返すも失礼な小娘共じゃ!!　ネーヤ、やつらを引っ捕らえるのじゃ」

「はっ……」

ネーヤは女王に一礼すると、兵士に囲まれていて立ち往生している和人たちの元へ、ゆっくりと近付いていった。

他の兵士たちとは違い、迫力のある巨体で迫られるとさすがに恐怖を感じる。

「おもしれぇ……やるってのか？」

ハイドラがスッと前に出た。

「女王陛下のご命令です」

「俺たちを捕らえてどうしようっていうんだ？　無礼を働いた罪で、拷問《ごうもん》でもするのか？」

「するのですか？」

と、ネーヤは女王を振り返った。

「そんなことでわらわの気が治まるものかっ。一生奴隷《どれい》としてこき使ってくれるっ」

「奴隷だそうだ」

ネーヤは女王の言葉を要約してハイドラに伝えた。

「ケッ、冗談じゃねえ」

「冗談ではないそうです」

ネーヤは再び女王を振り返る。

「ええいっ、通訳はよいわっ!!　さっさとやるのじゃ!!」

「はっ」

「ただし、そこの男は別じゃ」

女王は和人とを指差し、付け加えるように言った。

「え？」

それが自分のことだと知って、和人《かずと》は思わず首を傾《かし》げた。

そんな和人に対し、女王はニンマリとした笑みを浮かべてみせる。

「この星には男が少なくてねぇ」

「はあ……そう聞いています」

「だから、あちこちの星からさらってきたりしておるのじゃ。この宮殿にはそんな男が数人ほどいるが、もう全員が年を食っておって使いものにならぬ」

「……？」

女王の言っている意味がよく分からず、和人は再び首を傾げる。

「分からぬのか？」

「はあ……」

「そなたは新たな男として、わらわと共に子作りに協力してもら……」

「いやーっ!!　不潔っ!!」

ドガッ!!

女王が言葉を終えないうちに、秋菜《あきな》は彼女の顔面に向けて鉄拳《てっけん》を放った。

まるでワープでもしてきたかのようなスピードだ。

「あべしっ!!」

直撃を受けて、女王は玉座ごと盛大にひっくり返る。

その間、わずか二秒ほどの出来事だ。

あまりにも突然のことに、ネーヤを始めとした兵士たちは秋菜を制止するどころか、自分たちの女王の無様《ぶざま》な姿を呆気《あっけ》に取られた様子で見守っていた。

「オバサンの分際で、和人を毒牙《どくが》にかけようっての!?」

「うぐ……じ、女王であるわらわに、なんつーことをするのじゃ」

ボタボタと鼻血を流しながら、女王は必死になって身体を起こした。

ハッチ族の歴史がどれほどあるのか知らないが、女王の顔面に拳《こぶし》を叩き込んだのは、おそらく秋菜が史上初の人物であろう。

「ふんっ!!」

秋菜はパンパンと両手の埃《ほこり》を払いながら、改めて女王を睨《にら》みつけた。

「な、なにをやっておるのじゃ、この小娘を捕らえぬかっ!!」

「……はっ」

女王の言葉に、ようやく我に返ったネーヤが兵士たちに合図した。

一斉に襲い掛かってくる兵士たちに、秋菜が咄嗟《とっさ》に身構えた時。

「お前たちの相手はオレがしてやるって言ってるんだっ!!」

両手にプラズマ光を放ちながら、ハイドラが秋菜を庇《かば》うようにして立ち塞《ふさ》がった。

「ハイドラ……」

「おめえは和人《かずと》たちと一緒に、早くここから抜けだせっ」

そう叫びながら、ハイドラはプラズマ光を兵士たちに向けて放った。

凄まじい光が室内を覆い、光球が辺り一面に飛び交う。

元々、自らの針で戦うことしか知らなかった兵士たちは、それだけで大混乱に陥った。

「行けっ」

「わ、分かったわ」

秋菜《あきな》は頷《うなず》き返すと、急いで和人たちの元へと駆け出した。

一体どこから湧《わ》いてくるのか、兵士たちは後から後から姿を現すのだ。いちいち撃退していてはキリがない。ここはハイドラの指示通りに逃げ出すしかなかった。

「でも、どっちへ行けばいいの？」

通路に出た途端、リカがそう叫んだ。

来る時はネーヤに案内されていたので、どこをどう通ってきたのかまったく記憶にない。

ただでさえややこしい造りをした宮殿なので、気が急《せ》いている状態では誰にも答えようがなかった。

と、その時——。

「みなさん、こちらですっ」

不意に姿を現したのは、ずっと姿を消していたハニーさんであった。

2

追い掛けてくる兵士たちを振り切って、ようやく一息つける場所までやって来ると、ハニーさんはホッとしたように和人たちを見まわした。

「危ないところでしたわね」

「追っ手は……撒《ま》くことができたの？」

秋菜は大きく肩で息をしながら、今通ってきた通路を振り返った。

「はい、大丈夫です」

ハニーさんがそう言って頷くと、

「ああ……もう走れないわ」

秋菜はペタリと床に座り込んだ。

ずっと走り詰めだったので、身体はクタクタであった。

「宮殿から出るには、後どれくらいの距離があるんですか？」

同じように座り込んだ和人は、顔だけを上げてハニーさんに尋ねた。

「あら？　宮殿の出口には向かってませんわ」

「え……!?　じゃあ、どこへ？」

「王女様のところですわ」

言われてみれば、ハニーさんはずっと一緒だったメーヤを連れていない。

「メーヤさんはどうしたんですか？」

「ほほほ……実は捕まってしまいました」

「えっ!?」

明るく言うハニーさんに、和人《かずと》は思わず目を点にした。

「捕まったって……兵士に保護されたと？」

「いいえ、あなた方のような異星の者として捕まったのです」

「でも、王女なのにどうして……」

「下賤《げせん》の者は、王女様のお顔を知らないのです」

ハニーさんは沈痛な表情で首を振った。

「でも……メーヤさんには、ずっとハニーさんがついていたんでょ？」

「私も精一杯に王女様をお守りしていたのですが、相手は戦いに慣れた兵士たち。やむを得ず、王女様に一時だけ虜《とりこ》となることをご承知頂き、捲土重来《けんどちょうらい》を期したのでございます」

「つまり、王女様を見捨てて逃げてきたわけね？」

リカが辛辣《しんらつ》に言い放つと、

「とんでもございません」

と、ハニーさんは慌《あわ》てて首を振った。

「私は王女様をお救い申し上げるべく、新たな戦士たちを集《つど》うために……」

「ちょっと待ってください。戦士たちって……まさか、僕たちじゃないでしょうね？」

「……………」

和人の質問に、ハニーさんは無言のまま両手を合わせた。

「ハニーさん？」

「万が一のことがあっても、ハッチ族の騎士としてあなた方の名前は永久に……」

「冗談じゃないわよっ!!」

黙って話を聞いていた秋菜《あきな》が、立ち上がりながら声を荒らげた。

「なぜですか？　これはとても名誉なことなのですよ？」

「あたしたちには関係ない話でしょ!!」

「実はそれが大きな間違いなのです」

ハニーさんは、チッチチッチッと指を振った。

「はあ？」

「あなた方のお仲間の方が、王女様と一緒に連行されていったのです」

「仲間……？」

和人《かずと》たちは顔を見合わせると、同時に首を捻《ひね》った。

ここにいないのはハイドラだけだが、彼女は今もまだ女王の兵と戦っているはずだ。

たとえ相手が多勢でも、簡単に捕まってしまうとも思えない。

「髪がこうフワフワとしたお方ですわ」

「ライネ皇女《おうじょ》っ!?」

真田《さなだ》さんがあっと声を上げた。

「ライネさんが捕まっているんですか？」

和人が重ねるようにハニーさんに詰め寄った。

ライネはこのハッチ星にやって来た後、宮殿前の混乱の時に逃げ出していたはずだが、
どうやら逃亡に失敗して捕らえられてしまったらしい。

「まったくドジなんだから……」

秋菜《あきな》は眉根《まゆね》を寄せた。

「まさか、お見捨てになる……ということはありませんわよね？」

「う、うん……まあね」

嫌がるライネを脅しつけて、無理やりここまで連れてきたのは秋菜なのだ。

「では、決まりですわ。王女様の救出に向かいましょうっ!!」

ハニーさんは皆のテンションを高めるべく、おーっ!!　と元気よく片手を上げたが、追従してくるものは誰も存在しなかった。

どうしても、上手く利用されているという印象が拭《ぬぐ》いきれないのである。

けれど、さすがにライネを放っておくわけにはいかなかった。

「仕方ないか……」

面倒くさそうに腰を上げたリカは、和人の様子にふと首を傾《かし》げた。

「……お兄ちゃん、どうかしたの？」

「ん……いや、ちょっと……」

和人は息苦しそうに大きく息を吐《は》いた。

兵士たちから逃れるためにずっと走り続けたせいだと思っていたのだが、どうも先ほどから身体の様子がおかしいのだ。

なんだか妙に身体がだるく、全身に力が入らない。

おまけに息苦しさは時間が経つにつれて、徐々に増していくようだ。

「婿殿《むこどの》……？」

真田さんは調子の悪そうな和人に声を掛けようとしたが、ふと視界に入ったワるきゅーレを見て、思わず身体をのけ反らせた。

「あっ……姫様っ!?」

「……？」

真田《さなだ》さんの声に顔を上げた和人《かずと》は、そこにいたワるきゅーレを見て愕然《がくぜん》とした。

また……大きくなっているのだ。

「随分と成長したわね……」

秋菜《あきな》も呆然《ぼうぜん》とした声を上げる。

さっきまでは、よく見れば大きくなったかな……という程度だったのだが、今度は誰の目から見ても成長しているのは明らかだ。

最初、和人の腰までしかなかったワるきゅーレの身長は、すでに胸の辺りにまで達しようとしている。

「素晴らしいですわっ!!　これがロイヤルの実の威力なのですね」

誰もがワるきゅーレの変化に戸惑っている中で、ひとりハニーさんだけが感嘆したような声を上げ、パンと両手を叩いた。

「……なんで、ワるQがロイヤルの実を食べたことを知ってるの？」

リカが眉《まゆ》をひそめた。

「それは、皆様の行動を暖かく見守らせて頂いたからですわ」

「つまり……あたしたちと女王との会話を、陰に隠れて聞いていたわけね」

どうりで都合よく姿を現したわけである。ハニーさんは、偶然にも現れた和人たちを、自らの盾や道具として徹底的に利用するつもりらしい。

当然、利用される側としては文句を言う資格は十分にあるのだが、ここまであからさまだと怒る気にすらなれなかった。

「それはさておき……」

ハニーさんはコホンと咳《せき》払いをすると、

「ロイヤルの実の噂《うわさ》は聞いております」

と、一同の非難の視線をかわすように、さりげなく話を続けた。

「その実は、我々の身体の構造を変化させるもので、食べると出産ができるような身体になるという話です」

「身体を変化させる？」

和人はハッとして顔を上げた。

確かにワるきゅーレの身体には劇的な変化が生じている。だとすると、彼女の成長の理由は、やはりロイヤルの実を口にしたことに間違いなさそうだ。

「思い出しましたっ!!」

真田さんが不意に声を上げた。

「私も聞いたことがあります。なんでも滅多に手に入らないために、非常に高価なものだったと思いますが、滋養《じよう》の薬としてヴァルハラ星にも輸入されていたはずです」

「滋養の薬？」

「すごく栄養価が高いそうです」

「つまり……こういうことね」

リカが話をまとめるように言った。

「ロイヤルの実は栄養価が高く、ハッチ族が出産できるような身体になるためには必需品だった。だから王女と間違えられたワるQに与えられたんだけど、ハッチ族じゃないワるQには急速に成長を促《うなが》す促進剤になってしまった……」

「そのようですわ」

ハニーさんはリカの話にうんうんと頷《うなず》いた。

「王女は、子供の頃からロイヤルの実を食べて成長するそうですから」

「でも……さ」

秋菜《あきな》がよく分からないという顔で口を挟んだ。

「ワるQが子供になったのは、和人《かずと》に魂の半分を渡したからなんでしょ？」

「あ、ああ……」

和人は小さく頷き返した。

「じゃあ、ロイヤルの実の力で成長した場合、魂はどうなってるの？」

「あっ……!!」

秋菜の疑問に、和人はハッとしてワるきゅーレを見た。

ワるきゅーレが自分を慕《した》っていたのは、同じ魂を共有するからだ……とワルキューレ本人に聞いたことがある。

もしかすると、ワるきゅーレが急に和人を嫌うようになったのは、共有する魂が減り続けていることに原因があるのではないだろうか？

それにさっきから感じる身体の不調……。

「まさか……」

和人は呆然《ぼうぜん》としたまま呟《つぶや》いた。

「ロイヤルの実でワるきゅーレが無理やり成長させられているとしたら、どうしても不足している魂が必要になってくる……」

「婿殿《むこどの》から姫様の魂が逆戻りしている？」

真田《さなだ》さんが声を上げた。

「じゃあ、このままワるQが成長を続けると……」

そこまで言って、秋菜は思いとどまるように口をつぐんだ。

和人の中の魂がすべてワるきゅーレに戻ってしまったら……。

考えるまでもないことだった。

3

「臨兵闘者皆陣列在前《りんぴょうとうしゃかいじんれつざいぜん》っ!!」

「うわわっ!!」

「オンッ!!」

秋菜《あきな》が九字《くじ》を唱えると同時に、額に御札《おふだ》を貼られた兵士は、声もなくその場にひっくり返った。これで、しばらくは身動きできないはずである。

「お疲れ様」

秋菜が一息ついたのを確認すると、和人《かずと》はそっと通路の陰から顔を出し、辺り一面に転がっている兵士たちを見つめた。

「相変わらず凄《すご》いな……」

「いくらなんでも数が多すぎるわ。このままじゃ持たないわよ」

「いや、ハニーさんの情報だとこれで全部のはずだよ」

和人はそう言いながら、倒れている兵士の数を数え始めた。

「でも、あの人の情報でしょ？　本当に正しいのかしら」

「今は信用するしかないよ。ハニーさんだって、絶対にメーヤさんを取り戻したいと思っ

ているはずだし……」

「じゃあ、なんで自ら来ないのよ？」

秋菜《あきな》は憤慨《ふんがい》したように言った。

救出に向かいましょう……と言いながらも、ハニーさんはいざという段階になって、二手に分かれることを進言したのだ。

「このまま全員で向かっても目立つだけですわ。ここはワるきゅーレ様を再び奪われることのないよう、救出組と待機組に分かれた方がよろしいかと」

確かにゾロゾロと動いては目立つだけなので、ハニーさんの意見はすんなり受け容《い》れられた。まだ、どこに兵士が潜《ひそ》んでいるのか分からない状態なのだ。

リカと真田《さなだ》さん……そしてシロは、ワるきゅーレを守るために残留。

救出は、ハニーさんを道案内に、和人《かずと》と秋菜の手で行われることになったのだが……。

「うっ……き、急に持病の癪《しゃく》が……」

いざ出発という時に、肝心のハニーさんが急に胸を押さえてうずくまってしまった。

「こうなっては致し方ありません。王女様をあなた方に託すのは心苦しいのですが、おふたりで行って頂く他はありません」

……もはや、和人たちは文句を言う気にもなれなかった。

「今更言っても仕方ないよ」

「そりゃそうだけどさ……」

和人の諭《さと》すような言葉に、秋菜はふうっと溜め息をついた。

「……うん、兵士の数は合ってる。この先にライネさんとメーヤさんが閉じこめられている部屋があるはずだ」

「はいはい」

秋菜は面倒くさそうに頷いた。

「けど、考えてみれば、なんであたしがこんなことしなきゃならないのよ」

先を歩く和人には聞こえない程度の声で、秋菜はブツブツと不満を口にした。

本来の目的は、和人たちが無事かどうかを確認しに来ただけのはずなのだ。

それが成り行きとはいえ、まったく関係のない王女の救出までさせられているのかと思うと、なんとなく腹立たしい気分になってくる。

「こんなことをしている暇があったら、ワるQをなんとかしないと……」

秋菜にとって、ワるきゅーレがどう変化しようと構わないのだが、それによって和人に万が一のことがあったら困るのである。

「……なにか言ったか？」

「えっ……べ、別になにも言ってないわよ。……って、和人っ!?」

気付くと、和人は壁により掛かったままハアハアと大きく息をしている。

「大丈夫だよ……このくらいは」

和人《かずと》はそう言って笑ったが、ワるきゅーレの成長に反比例して、身体《からだ》の中の魂が徐々に減り始めていることは明らかである。

「でも……」

「ああ、この部屋みたいだな」

不安げな秋菜《あきな》を余所《よそ》に、和人はようやく目的の部屋を見つけてドアに近付いていく。

そんな姿を見て、秋菜は思い切ったように問い掛けた。

「ね、ねえ……和人」

「ん?」

「和人はワるQのこと……」

そこまで言って、秋菜はその先を口にするかどうか迷ってしまった。

ずっと前から訊《き》いてみたいと思っていた。

ワるきゅーレのことをどう思っているのか?

——と。

「なんだい、ワるきゅーレがどうかしたのか?」

「う、ううん……なんでもない」

和人に問われた秋菜は、思い直したように小さく首を振った。

今はこんなことを訊いている場合じゃない。さっさとやるべきことを済ませてこの宮殿から脱出し、なんとかワるきゅーレを元に戻さなければならないのだ。

そう思い込もうとした秋菜だが……。

やはり和人がどう答えるのかが怖かったのである。

「……？」

「ほ、ほら……この中なんでしょ？」

秋菜は誤魔化《ごまか》すように声のトーンを上げると、不思議そうに首を傾《かし》げる和人を押しのけ、壁と同じ色調のドアを一気に開いた。

カシャ!!

と、通常よりも軽めの音がして、ドアは難なく開いた。

内側からは開かなくても、外側からは簡単に開く仕組みになっているようだ。

「あうっ!?」

室内にいた少女が、背中を向けたままビクリと身体を震わせた。監視していた兵士だと思ったのか、怯《おび》えたように部屋の隅で丸くなっている。

和人はその見覚えのある後ろ姿に、

「ライネさん」

と、声を掛けた。

「え……っ!?」

ハッと振り返ったライネは、そこに立っているのが和人《かずと》と秋菜《あきな》だということに気付き、途端に顔の表情を弛《ゆる》ませた。

「あ〜ん、和人様ぁ……」

「ストップ」

和人に抱きついてこようするライネを押し止めるべく、秋菜はスッと腕を上げた。

だが、勢いのついていたライネは、まるでラリアートを食らったかのように、見事に後方へとひっくり返った。

「な、なにするんですのっ!?」

「あんたが勝手に吹っ飛んだだけじゃないの」

「まあまあ……」

こんなところで喧嘩《けんか》している場合ではない。

和人はふたりをなんとかなだめると、もうひとりの人物を捜して室内を見まわした。

しかし、肝心の王女メーヤの姿はどこにもない。

「ライネさん……ここにもうひとり誰かいなかった?」

「ああ、あのクソガキにそっくりな娘のことですの?」

ライネは吐き捨てるように言った。

「確か向かい側の部屋にいたはずですわ」

「向かいか……」

和人はそう言い捨てると、急いで部屋を出た。

通路の反対側には、確かにライネの言う通り同じような部屋がある。

「メーヤさん」

と、呼び掛けながら、和人はドアを開け放った。

こちらのドアも楽に開いたが、肝心のメーヤの姿が見あたらない。狭い室内にぐるりと視線を走らせると、備え付けのベッドらしきものの陰に小さな足だけが見える。

「メーヤさん……？」

そっと近付くと、そこには床に横たわっているメーヤの姿があった。まるで胎児のように身体を丸め、ジッとしたまま身じろぎひとつもしない。

——まさかっ。

和人は慌《あわ》ててメーヤの身体を抱え起こした。

一瞬、最悪の事態が頭の隅をよぎったが、どうやら眠っているだけのようだ。

「ふう……」

和人はホッと溜め息をついた。

「どうしたの？」

秋菜《あきな》が不審そうに顔を覗《のぞ》かせた。

「うん……眠っているみたいなんだけど……」

和人《かずと》は自信なさげに秋菜を振り返る。

どれほど身体を揺すっても、メーヤは一向に起き出す気配がないのだ。

「疲れてるんじゃゃない？」

「それならいいんだけど……」

あまりにも深そうな眠りに、和人は少しだけ不安を感じたが、ハッチ族の習性について知らない以上、ここで心配しても仕方がない。

ハニーさんの元へ連れていけば、なにか起こす方法があるかもしれないのだ。

「よし、じゃあ……戻ろう」

和人はメーヤを背中に背負うと、秋菜とライネに声を掛けた。

「ここから脱出するんですのね？」

「うん、でもその前に他のみんなと合流しないといけないけどね」

「じゃあ、まだこの蜂《はち》の巣みたいな所にいなきゃならないんですの？」

ライネはうんざりしたように肩を落とす。

「まったく……円盤を操縦するように脅されるし、こんな所に閉じこめられるし。なんであたくしがこんな目に……」

「ゴチャゴチャとうるさいわねっ」

ぼやきながら歩くライネを、秋菜は鬱陶《うっとう》しそうに一喝《いっかつ》した。

「過ぎたことをいつまでも……」

「あ、あなたに言われる覚えはありませんことよっ」

「ふたりともいい加減にしろって」

また諍《いさか》いを始めたふたりを、和人が溜め息をつきながらなだめた。

ひとり貧乏くじを引かされたライネの気持ちも分からないではないが、今はそんなことを言い合っている暇はないのだ。

少しでも早く真田《さなだ》さんたちと合流して、この宮殿から脱出しなければならない。

だが――。

「……………………」

複雑に通路が入り組んだ場所で、和人はふと足を止めた。

「和人様？」

「どうかしたの？」

不意に立ち止まった和人の後ろで、秋菜とライネが不思議そうに首を傾《かし》げる。

和人は困惑の表情を浮かべて秋菜たちを振り返った。

「……道が分からなくなっちゃった」

4

一方——。

ワるきゅーレを擁《よう》する真田《さなだ》さんたちも、当初の合流予定地であった場所から、やむを得ず移動しなければならない羽目に陥《おちい》っていた。

ずっと隠れていた場所が、兵士たちによって発見されてしまったのである。

「いいですかっ、行きますわよっ!!」

真田さんはそう叫ぶと、肩に乗せたバズーカ砲をぶっ放した。例によって、一体どこから取り出したのかは謎《なぞ》である。

「どわわわわっ!!」

近くまで迫っていた兵士たちは、火を噴きながら一直線に飛んでくる砲弾から、必死になって逃げまどう。その隙《すき》をついて、ワるきゅーレを連れたリカとハニーさんは、シロを先頭にして通路の反対側へと駆け出した。

真田さんが足止めをしている間に、少しでも遠くへ逃げなければならない。

「あ～ん、ワルちゃんもあれやりたーい」

「そんな悠長《ゆうちょう》なこと言ってる場合じゃないでしょ!!」

事態をまったく理解していないワるきゅーレを叱《しか》りとばしながら、リカは踏みとどまっている真田さんにOKと合図した。

「では、オマケにもう一発行きます!!」

真田さんは第二弾を放つと、そのままバズーカ砲を投げ捨て、急いでリカたちの後を追った。通路はほとんど壊滅状態なので、兵士たちが追ってこられるようになるまで、しばらく時間が掛かるはずであった。

「まったく……ゴキブリみたいに湧《わ》いてくるんだからっ」

走りながら毒づくリカに、

「兵士はたくさんいますから、分散して私たちを捜しているようですわ」

と、ハニーさんが後ろを振り返りながら答えた。

「真田さんはついてきてる？」

「はい、ですが……ここはあの方に犠牲になって頂いた方が……」

「余計なコトするんじゃないわよっ」

「チッ……」

リカに釘《くぎ》を刺され、ハニーさんは残念そうに、ポケットから取り出したパチンコ玉のようなものを手の中で握りなおした。

「ところで、これで方向は合ってるんでしょうね？」

道案内は私にお任せください……と言うハニーさんの言葉を信じ、リカは周囲を見もせず、ひたすら走り続けているだけなのだ。

「はい、この先で和人《かずと》様たちと合流できるはずです」

「間違いないんでしょうね？」

「私は何度か宮殿を訪れています。お信じください」

ハニーさんは自信たっぷりに言ったが、その彼女が信じられないからこそ、リカは何度も確認しているのである。

「私の記憶では、この先の扉を開けると和人様たちと出会えるはずです」

曲がりくねった通路を進むと、確かにハニーさんの言う扉が見えてきた。

途中で何度かくぐり抜けてきたものよりも、一際《ひときわ》大きくて豪華な扉だ。

「さあ、これで一安心です」

ハニーさんは宣言するように言うと、扉を大きく開け放った。扉の向こうには広い部屋があり、そこには記憶にある人物の後ろ姿があった。

「ゲッ……」

リカは思わず足を止めた。

よりによって、それは一番会いたくない人物だったのである。

黒いボンテージ衣装を身に纏《まと》った女性が、ゆっくりとリカたちを振り返った。

第七章　いつも一緒

1

「あ……」

いくつ目かの扉を開くと、そこには前に見たことのある光景が広がっていて、和人は思わず踏み出しそうになった足を慌《あわ》てて止めた。

広い室内では何十人もの兵士が、中央で暴れ続けている人物に、次々と人海戦術を仕掛けているようであった。

「でええいっ!!　おまえら、一体何人いるんだっ!?」

苛《いら》立った声の主はハイドラである。

和人たちを脱出させるために始めた戦いは、あれからかなり時間が経っているにもかかわらず、未だに続いていたらしい。

「もしかして、ここってあのオバサンのいた部屋じゃないの？」

呆然《ぼうぜん》と室内の様子を見つめていた和人に、秋菜《あきな》がぽつりと言った。

メーヤとライネを救出した後、宮殿の中をあちこちさまよっているうちに、結局は元いた場所に戻ってきてしまったようだ。

「そうみたいだな……」

「なになに？　ここはどこですの？」

力無く頷《うなず》く和人《かずと》の背後から、ライネがひょいと顔を出して部屋の中を覗《のぞ》き込んだ。

だが、室内でプラズマの光球を乱れ打ちしているハイドラの姿を見た途端、ライネはくるりと踵《きびす》を返すと、そのまま無言で立ち去ろうとする。

「ちょっと、どこ行くのよ？」

「いやーっ、離してくださいっ!!　あんな戦いに巻き込まれるのはゴメンですわっ」

秋菜《あきな》に襟首《えりくび》を捕まえられ、ライネはジタバタと暴れた。

もっとも、この修羅場《しゅらば》に踏み込む勇気は和人にもなかった。

幸い室内の兵士や、戦いを見守っている女王は和人たちに気付いていないようだ。

――ここはライネのように、なにも見なかったことにするべきだろうか。

あのハイドラが簡単にやられてしまうとは思えないし、下手《へた》に加勢したりするとかえってややこしいことになってしまいそうだ。

和人が半ば本気でそう考えた時。

部屋の奥にあるドアが開いて、聞き覚えのある声が響いてきた。

「な、なんでオバサンが……っ!?」

「え……この部屋って、さっきまでいた部屋ではありませんか？」

「あーっ、ハイドラだ！」

姿を見せたのは、和人たちが戻ってくるのを待っていたはずの、リカやワるきゅーレたちである。その突然姿を現したワるきゅーレたちの声に、女王はおろか、室内で戦っていたハイドラや兵士たちまでもがピタリと動きを止めた。

「わっ、バカッ!!　そこから出るんじゃないっ!!」

和人は思わず室内に踏み込んで叫んだ。

すると――。

今度は全員の顔が、一斉に和人の方を向いた。

「な、なにやってるのよ、和人っ!!」

「和人様ぁ～っ!!」

秋菜とライネが同時に非難の声を上げる。

せっかく見つからずに済んでいたというのに、これでは自ら名乗り出るようなものだ。

「な、なんだ……お前ら!?　逃げろって言ったのにっ!!」

ハイドラが唖然《あぜん》とした声で呟《つぶや》くように言った途端。

「あ、お兄ちゃん、なんでそんなところにっ!?」

「婿殿《むこどの》～っ、秋菜様～っ!!」

「和人《かずと》様っ、一体どうするんですのっ!?」

「もう……どうするのよっ!!」

「私のせいではありませんわっ、私はちゃんと出口へ向けて……」

「シロー、遊ぼう」

「あう、あう」

「ええいっ、どうなっておるのじゃ!?」

シンと静まりかえっていた室内が、にわかに騒然とした。

兵士たちは突然左右から現れた和人たちに、どう対応すればいいのか分からず、判断を仰ぐように武官長のネーヤを見つめる。

無論、取り次ぎ上手の彼女は、女王を振り返って判断を委《ゆだ》ねた。

「とにかく、侵入者どもを取り押さえろっ!!」

女王も混乱していたのだろう。

その曖昧《あいまい》な命令に、ハイドラに集中していた兵士たちは、一斉に和人たちへと向けて分散して襲い掛かってきた。

「和人、逃げましょうっ!!」

「来た道を戻ったら、狭い通路で追いつめられてしまうよ」

和人はそう判断すると衰《おとろ》えかけた体で自ら混乱した室内へと飛び込んだ。

兵士たちは数が多い分、あちこちと動きまわる和人を追って混乱し、更に真田《さなだ》さんの火器攻撃や、戦いを再開したハイドラの攻撃によってパニック状態になってしまった。

「結構、無茶するのね……和人も」

呆《あき》れたように和人を見送った秋菜《あきな》は、

「じゃあ、あたしたちも行きましょう」

と、背後にいたライネを振り返った。

だが——。

「変身っ!!」

ライネがポーズを取りながら声を上げた途端、帽子の先端に付いていた触角から淡い光が発せられ、彼女の全身を包み込むと……。

ポンッ!!

音を立てて、ライネの姿はハッチ族の兵士へと変化した。

「なにやってんのよ？」

「始めっからこうすればよかったんですわ。これなら、兵士の中に入っても捕まることはありませんものね」

「……ま、いいけどさ」

いかにもライネらしい手段に溜め息をつくと、秋菜は懐《ふところ》から御札《おふだ》の束を取り出した。

「行くわよ」

秋菜《あきな》はそう言うと、混乱の中へと分け入っていった。

和人《かずと》は兵士たちの間を必死になって逃げまわっていた。ハイドラや真田《さなだ》さん、あるいは秋菜のように戦う術《すべ》など持っていないし、おまけに背中にはメーヤを背負ったままなのだ。タイミングを見計らって室内から逃げ出そうとはしているのだが、なかなかその機会は巡ってこなかった。

——やっぱり、ちょっと無理だったかな。

今更ながらのように、和人は自分の無謀さを後悔した。

そろそろ体力の方が危《あや》うくなりかけている。メーヤをおぶったままなので、魂を失いつつある和人の疲労は、加速度的に身体を蝕《むしば》み始めているのだ。

そんな時——。

「待ちなさいっ」

目の前に、ネーヤの巨体が立ち塞《ふさ》がった。

思わず立ち止まってしまった和人は、あっという間に追いすがってきた兵士たちによって取り囲まれてしまう。

「その背中の方は、もしかしてメーヤ王女なのでは？」

「……そうです」

包囲されてしまった和人は、ネーヤの質問に仕方なく頷《うなず》いた。

「その方をどうするつもりだ？　まさか誘拐するつもりでは……」

「冗談じゃないっ」

和人は慌《あわ》てて首を振った。

「僕は閉じこめられてたメーヤさんを助け出したんです」

「なに？　それはどういう……」

ネーヤが更に詳しく事情を聞こうとした時――。

突然、和人の背中から白い光が溢《あふ》れ出した。

2

「……っ!?」

「こ、これは……」

ネーヤは驚愕《きょうがく》したように、よろよろと後退《あとずさ》る。

「変態……メーヤ王女が降臨《こうりん》なされる」

「王女が？」

和人は思わず自分の背後を振り返った。

その瞬間、メーヤの小さな身体から長い羽を想像させるような光が出現し、辺りを照らすように左右へと伸びていく。

「な、なんだっ!?」

ハイドラを始めとして、周りにいた兵士たちも戦いの手を止め、突如として出現した光の源を探るように和人《かずと》の方へと視線を向けた。

和人の背負うメーヤから、光に包まれたしなやかな肢体《したい》が出現する。

まるで、サナギから蝶《ちょう》が現れるかのような、幻想的な光景だ。

「メ、メーヤ様が……大人になられますっ!!」

ハニーさんは、近くにいた真田《さなだ》さんの胸ぐらを掴《つか》んでガクガクと揺らした。

「あれが……そうなのですか?」

真田さんはされるがままになりながらも、目だけはメーヤの姿に釘付《くぎづ》けになっている。

この世のものとは思えないほど美しい。

誰もが息を呑《の》んで、新たなメーヤの出現を見守っていた。

やがて……。

大きな羽を揺らめかせながら、メーヤがスッと床に降り立った。

「メ、メーヤ……さん?」

和人はゆっくりと背後を振り返った。

背負っていたはずの子供のメーヤは、すでに完全に消え去っており、そこにはワルキューレそっくりの女性が、和人を見て穏やかな笑みを浮かべていた。

「和人さん……ありがとうございます」

「え……？」

「本来は関係のないハッチ族の争いに巻き込んでしまい、申し訳なく思っております」

あの不愛想だったメーヤとは、同一人物だと思えないほど滑らかで美しい声だ。

「い、いや……僕たちは別に……」

「あなた方は私が新しく生まれ変わるのに協力してくださいましたわ」

メーヤはそう言って笑うと、ふわりと数メートルほど浮かび上がった。

室内のすべての者が見渡せる位置まで来ると、

「戦うのをおやめなさいっ!!」

メーヤはよく響く声で、全兵士に告げた。

「双方が戦う理由などありません。もうやめるのです」

「な、なんじゃ、そなたはっ!?」

いきなり現れて兵士に命令を下すメーヤを、女王は甲高《かんだか》い声で怒鳴りつけた。

「私は王女メーヤです」

「……メ、メーヤ!?」

「もう、お引き下さい女王」

驚く女王に向けて、メーヤは静かに言う。

「これ以上、兵士たちに無益なことをさせる必要はありません」

「なんじゃと?」

「私はこの宮殿で、あなたの自儘《じまま》な行為を数多く見てきました」

メーヤがそう言うと、兵士たちは一斉にうんうんと頷《うなず》き合った。

「ぬぐぐ……そなたたちっ」

「出産を女王のみの特権とする誤った制度は改善されなければなりません」

「改善じゃと?」

「はい。すべての者は、未来へと自分の命を繋《つな》ぐ権利があるはずです」

「……そなた、我々ハッチ族の宿命を理解した上で言っておるのか?」

女王は顔を歪《ゆが》ませると、睨《にら》みつけるようにメーヤを見つめた。

「わらわは数十年前に、たったひとりでこの惑星に逃れてきた。なぜだか分かるか? わらわの故郷は遠い星々の果てにあったが、そこは滅びてしまったのじゃ。人口増加に耐えきれなくて」

「…………………」

「わらわひとりでも一度に数百の子を産む。これが我々ハッチ族じゃ。その権利をすべての者に認めてしまったらどうなると思う？　この星もわらわの故郷と同じことになってしまうではないかっ」

その話を聞いて、和人《かずと》はどうして女王が他の者に出産権を与えないかを理解した。

ハニーさんも女王は多産であると話していたが、それはすべてのハッチ族に共通するようだ。確かに数万の人々が一斉に子供を産み続けていけば、この星がどうなってしまうのかは明白である。

「ですが……それは体質の改善を図れば、いずれ解決できるのではありませんか？」

「すべての者に与えるロイヤルの実などないのじゃ」

女王はメーヤの提案をピシャリとはねつけた。

――そう言えば、真田《さなだ》さんがかなり高価なものだと話していたな。

どんな樹にどうやって生《な》るのか和人には分からなかったが、高価ということはそれだけ収穫できる量も少ないということなのだろう。

自己中心的ではあっても、女王なりにハッチ族の将来を考えているようだ。

もっとも……だからといって、その他大勢の人々が納得できるとは思えなかったが。

「この国のことはわらわが決める。この女王であるわらわがなっ」

「……ならば、その女王を改めなければなりません」

メーヤは視線を女王から兵士たちに転ずると、

「私はハッチ族の王女として現女王を廃し、自ら新女王に即位することを宣言します」

メーヤの声が室内に響いた途端。

おおーっ!!と兵士たちの間から歓声が上がった。

表面上はどうあれ、いかに女王の信望がなかったか、よく分かる光景であった。

「そ、そんなことをわらわが認めると思うのかっ!?」

「認める認めないではありません。これはハッチ族の総意なのです」

メーヤはきっぱりと言い放った。

その毅然《きぜん》とした態度には、女王も反論することすらかなわない威厳《いげん》がある。

だが、ここで黙っていては、退位させられることは明白であった。

「認めぬぞっ!!　誰がなんと言おうと、女王はわらわなのじゃ!!」

女王は開き直ったように叫んだ。

「あ〜あ、陳腐《ちんぷ》な悪役の台詞《せりふ》ねぇ」

「パターンから言うと、やけくそになって宮殿を壊すんですよ」

リカと真田《さなだ》さんが囁《ささや》き合う声など、すでに女王の耳には入っていない。

新女王を宣言したメーヤを力尽くで排するべく、まるで最後の力を振り絞るようにして大声で叫んだ。

「この宮殿ごと、そなたたち反逆者を押し潰《つぶ》してくれるわっ!!」

「出たっ!!」

リカと真田さんが同時に声を上げた途端——。

宮殿全体が大きく鳴動を始めた。

3

ハッチ族の人々がどれほどの能力を有しているのか知らないが、やはり女王ともなると、それなりの力が使えるようだ。

女王が宣言すると同時に宮殿は大きく揺れ始めた。

「無駄なことはおやめなさい。ここには大勢の民がいるのですよ」

「わらわを裏切った者など、わらわの民ではないわっ」

お約束通りの悪人に成り果ててしまった女王は、メーヤの言葉など聞く耳を持たぬように、力を使って宮殿を操り続ける。

壁全体が音を立てて軋《きし》み始め、天井からはパラパラと建材の破片が降り注ぐ。

室内にいた兵士たちは、女王が錯乱してしまったことを察して、我先にと宮殿内から脱出を開始している。もはや、和人《かずと》たちに構う者などひとりもいない。

「ヤバイぞ、これは……」

ハイドラは今にも崩れてきそうな天井を見上げて呟《つぶや》くと、取り残されたように佇《たたず》んでいた秋菜《あきな》を振り返った。

「早く脱出しないと、通路も塞《ふさ》がれてしまうぞ」

「他のみんなは……？」

「オレがなんとかする」

ハイドラはそう言い残すと、右往左往する真田《さなだ》さんたちの元へと駆け寄っていった。

「あ、ちょっと、ハイドラっ!!」

「今のうちに逃げ出しましょうっ」

思わずハイドラの後についていこうとした秋菜は、ハッチ族の兵士に引き留《と》められた。

「なによ、あんた!!　なれなれしいわね」

「あたくしよ、秋菜さん」

ポムッ!!

と、音を立て、兵士はライネへと姿を変えた。

「ここはハイドラに任せて、あたくしたちは早く逃げましょう」

「だけど……和人《かずと》たちがまだ……」

「ハイドラは多少のことでも平気ですが、あたくしたちは死んでしまいますよ」

「でも……」

「デモもストライキもありませんわっ、早くっ!!」

前世紀のギャグをカマしながら、ライネは強引に秋菜の腕を引っ張った。

ここに残ったとしても、この状況下では自分にできることはなにもない。それが分かっているだけに、秋菜はためらいながらもライネに引きずられて大広間を後にした。

ハイドラは秋菜たちが逃げ出したことを横目で確認すると、真田さんとリカにも同じことを告げた。すでに宮殿は大きく揺らぎ始めているため、一刻の猶予《ゆうよ》もない。

だが——。

「ワるきゅーレがいなくなっちゃったのよ」

と、リカ。

「はあ?」

「ちょっと目を離した隙に、姿が見えなくなってしまって……」

真田さんがオロオロとしながら言った。

「まったく……世話を焼かせるぜ、あのガキはっ」

ハイドラは面倒くさそうに言うと、混乱状態の室内を見まわした。

部屋の中央には、女王と対峙《たいじ》するメーヤの姿がある。

そして……その近くに、ワるきゅーレを追い掛けている和人の姿が見えた。

宮殿が大きく揺れ始めた時。

和人《かずと》は、シロと共に逃げまどうワるきゅーレの姿を見つけて駆け寄っていた。

「来るんだ、ワるきゅーレっ!!」

と、和人は彼女の小さな手を握った。

辺りは騒然とし始めたために、このままではいつ巻き込まれるか分かったものではない。

ワるきゅーレを連れて、この場から逃げ出そうとしたのだが……。

「いや～っ、触っちゃダメ～っ!!」

拒否の声を上げると同時に、ワるきゅーレは和人の手を振り払った。

「……っ!?」

その激しい口調に、和人はギクリとして振り返った。

ワるきゅーレの表情には、紛《まぎ》れもない嫌悪が浮かんでいる。触れることはおろか、近くにいることすら耐えられないという様子である。

「ワるきゅーレ……」

和人は衝撃のあまり、動くこともできなかった。

嫌われていることは分かっていたが、ここまで激しい拒否の態度を示されると、驚くというよりは悲しくなってしまう。

あれから……まだ、ほんの十数時間しか経過していないというのに、時乃湯《ときのゆ》で一緒に過ごした日々が、まるですべて幻であったかのように思える。

——どうして？

いつも遊んでくれ……と、駄々をこねては和人を困らせた。

次々とトラブルを起こしながらも、ケロリとして笑っていた。

悪戯《いたずら》が好きで、迷惑ばかり掛けて……。

それでも、いつも弾《はじ》けんばかりの笑顔を向けてくれていたのだ。

「ワるきゅーレっ!!」

和人は思いあまって、ワるきゅーレの両肩を掴《つか》んだ。

「……どうして思い出せないんだっ!?」

「いやーっ、いやーっ!!」

「頼むから……思い出してくれよ……」

和人は必死になってワるきゅーレに語り掛けた。

こんなことをしても、彼女が元に戻るなどとは思えない。けれど、他にどうすることもできない以上、言わずにはいられなかったのだ。

今のワるきゅーレを見ているのは、和人にとってあまりにも辛《つら》過ぎる。

それに、身体に残った魂の方もそろそろ限界に近いのだろう。こうしていても目眩《めまい》がして、気を抜くと倒れてしまいそうだ。

だが……。

「ヤダーッ!!　シロ、助けてぇ～っ!!」

和人《かずと》の思いは届かず、ワるきゅーレは傍《かたわ》らにいるシロに助けを求める。

シロもどうすればいいのか分からない様子で、困ったようにふたりを見つめていた。

「おい、なにやってるんだよっ!!」

和人たちの様子に気付いたハイドラが、混乱の中をくぐり抜けるようにして近寄ってきた。

「早くここから逃げ出せって」

「けど……ワるきゅーレが」

「あん?」

ハイドラはちらりとワるきゅドレを見て、すぐに状況を察したらしい。

「くそっ……」

苛《いら》立たしげにチッと短く舌を打つ。

「ワるきゅーレ、とにかくここから離れないと……」

「いやーっ、離してっ!!」

どれだけ和人が説得しようとしても、ワるきゅーレは聞く耳を持たないという感じで、ただ悲鳴を上げ続けるだけだ。

「いい加減にしろっ!!」

苛ついたハイドラが怒鳴りつけると、ワるきゅーレはびくりと身体を震わせた。

「いつまでグダグダ言ってねえで、さっさと目を覚《さ》ましやがれっ!!」

ハイドラはワるきゅーレを和人の元へと突き飛ばすように、その背中をバンッ!!と手のひらで叩いた。

「あっ……」

その衝撃にワるきゅーレが声を上げた瞬間、彼女の口からなにかが飛び出してきて、コロンと宮殿の床に転がった。

「えっ?」

和人が反射的に目で追うと、それはなにかの実の欠片《かけら》のようだ。

女王に会う前、宮殿内を彷徨《さまよ》っていた時に見掛けた赤い実と同じように見える。

——もしかして、これがロイヤルの実?

だとすると……。

和人がわずかな期待を込めて振り返った途端。

「ヒック」

ワるきゅーレは小さくしゃっくりをした。

「ヒック、ヒック」

ワるきゅーレは、立て続けに何度もしゃっくりを繰り返す。

その都度、彼女の身体は徐々に縮み始め、あっという間に元の大きさに戻っていった。

「ワるきゅーレ……？」

和人《かずと》はおそるおそる声を掛けると、

「……ん？　あれ？　かずとー？」

ボーっとしていたワるきゅーレは、ハッと気付いたように顔を上げた。

そして、不思議そうな表情を浮かべると、キョロキョロと辺りを見まわし始めた。

「ワルちゃん、なんでここにいるの？」

「ワるきゅーレ……僕が怖くないのか？」

「なんでー？　ワルちゃん、かずと大好きだよ」

「戻った……のか？」

ハイドラは唖然《あぜん》としてワるきゅーレを見た。

背中を叩《たた》かれたショックで、身体《からだ》に変調をきたしていた原因が取り除かれ、すっかり元に戻ってしまったらしい。気付いてみると、あれほど不調だった和人の身体も、魂の逆流を逃れて少しずつ回復し始めていた。

「は～っ……」

和人《かずと》はホッと息をつくと、へなへなと床に座り込んでしまった。

一時は元に戻らないことも覚悟していただけに、安心感から一気に身体の力が抜けてしまった感じだ。

だが、状況はそう喜んでばかりいられる状態ではない。

宮殿は今までよりも、更に大きく振動を始めているのだ。

「早く……ここから逃げてくださいっ!!」

聞こえてきた声に、和人はハッと宙に浮いたままのメーヤを見上げた。

「私の力は……そんなに持ちそうにありません……ですから……」

メーヤは両手を突き出し、女王の力を押さえ込もうとしているようだ。目には見えないが、かなり限界までの戦いを強いられているらしい。

「おほほほっ!!　変態したばかりの分際で、このわらわに勝てると思っているのかっ」

「くっ……」

女王の力が更に圧力を増したようだ。

メーヤの顔が苦しげに歪《ゆが》む。

「メーヤさんっ!?」

和人は思わず声を掛けたが、すでにメーヤには返事をする余裕すらないらしい。

「この野郎っ!!」

ハイドラは両手でプラズマの光球を作り出すと、そのまま女王に向けて勢いよく放った。

だが――。

パキーンッ!!

と、派手な音を立て、プラズマは女王の手前で跳《は》ね返ってしまい、大きく蛇行《だこう》して壁にぶつかり、辺りに爆風を巻き上げた。

「な、なにっ!?」

「おほほっ、今は宮殿全体がわらわの味方なのじゃ。その程度のものでは、わらわに傷ひとつ付けることもできぬわ」

「くそっ!!」

ハイドラは次々とプラズマ光球を作り出して女王を攻撃する。

だが、それらはすべて弾《はじ》き返され、室内には無数の爆発音が響いた。

「ハイドラッ!」

「なめやがってっ!!」

和人が制止しようと声を掛けたが、熱くなったハイドラの耳には届いていないらしい。

ムダだと知りながらも、ハイドラは攻撃をやめようとはしなかった。

「危ないから、やめろって……うわっ!!」

「あうっ!!」

ドカーンッ!!

跳《は》ね返ってきたプラズマ光球がすぐ近くで爆発し、和人《かずと》とワるきゅーレはその爆風で吹き飛ばされ、ゴロゴロと床を転がった。

「ううっ……」

「か、かずとー、かずとー!?」

ワるきゅーレはすぐに起き上がることができたが、咄嗟《とっさ》に彼女を庇《かば》った和人は、爆風をもろに浴びて倒れたままだ。

「しまった!!　大丈夫かっ!?」

ハイドラは慌《あわ》てて駆け寄ってくると、和人の身体を揺さぶった。

たいした怪我《けが》はしていないが、転がった拍子に頭をぶつけてしまったらしく、意識がはっきりとしない様子だ。

「あーん、かずとーっ!!」

「くそっ……」

ハイドラは和人の身体を抱え上げ、なんとかこの場から脱出しようとした。

その時——。

ちゅっ!!

ワるきゅーレは背伸びをすると、ハイドラが抱えた和人にキスをした。

「お、おい……？」

ハイドラが驚いたように声を上げた途端。

ワるきゅーレを中心とした周囲は、光の渦に包まれた。

4

「……っ!?」

「な、なにごとじゃ!?」

突然出現した光に、女王とメーヤは一瞬だけ戦いを忘れてしまったようであった。

その神々《こうごう》しい光の中からは、本来の天女のような姿を取り戻したワルキューレが出現し、対峙《たいじ》したままのふたりを無言で見つめた。

「なっ……メーヤ……？」

目の前の王女と同じ顔をしたワルキューレの姿に、女王は戸惑うような表情を浮かべた。

驚いたのはメーヤも同じらしい。

呆然《ぼうぜん》としたように、ワルキューレの姿を見つめている。

「もう……ここまでにしましょう」

ワルキューレは、女王に向かって静かに言った。

「あなたの不安は理解できますが、メーヤ様の言う通り、ハッチ族の体質を改善するよう努力すれば、問題は解決できるはずです」

「な、なにを……そなたは何者なのじゃ!?」

「ワルキューレ」

「わるきゅーれ……?」

女王はふとなにかを思い出すように目を細めると、やがてハッとしたように声を上げた。

「まさか……ヴァルハラ星に、ワルキューレという名の皇女《おうじょ》がいると聞いたが……」

「皇女……」

メーヤも驚いたように目を見開く。

そこにいるのが、あの小さかった少女であることにようやく気付いたのだ。

そんなふたりを前にしたまま、ワルキューレは手にしていた剣をスッと掲げた。

「この形を構成するものよ、光の粒子となりて我に従え!!」

よく響く声がワルキューレの口から紡《つむ》ぎ出される。

次の瞬間——。

掲げた剣より発した光が天井へと向けて走り、あっという間に揺れ続けていた宮殿全体を覆い始めていく。

「な、なにをしたのじゃ!?」

宮殿のすべてを把握していたはずの女王は、自分の力を超えた現象を目《ま》の当たりにして、動揺したように声を震わせた。

「すでに限界を超えた宮殿を維持することは、私にもできません。ですから、せめて誰にも被害が及ばないようにするのです」

「そ、それは……」

女王がワルキューレの言葉の意味を問いただそうとした時、宮殿は女王が操っていた時とは違う振動を始めた。

内側から外へと向かう光の流れに合わせ、宮殿は大きく身震いしたかと思うと、
パッ!!

と、弾《はじ》けるように姿を消してしまった。

いや……正確に言えば、宮殿を構成していた建材のすべてが光の粒子へと変わってしまったのだ。まだ内部に残っていた人々は、宮殿自体がなくなってしまったにも関わらず、重力を無視してふわふわと宙に浮かんでいる。

「んがっ……」

その想像を絶する光景に、女王はあんぐりと口を開けたまま固まってしまった。

ここまで圧倒的な力の前には、もはや驚くしかない。

「ワルキューレ様……これは……」

「もう、以前の宮殿など必要ないでしょう。これから先は、あなたが新たな宮殿を造れば
よろしいのですから」

メーヤの問い掛けに、ワルキューレはニッコリと笑って言った。

「そう……ですね」

つられたように笑みを浮かべながら、メーヤはゆっくりと頷《うなず》いた。

これから先のハッチ族がどうなるのかは、まだ分からない。

だが、新たにメーヤが女王となれば、ハニーさんが望んでいた出産権はすべての女性に
与えられるだろう。

女王のみを中心としていたこの星に、大きな変化がもたらされるのだ。

「ひとつ……お教えしましょう」

「はい？」

「惑星カーテスという場所に、ロイヤルの実に似たものがあります。あれを食べれば、あ
るいはあなた方の体質を改善できるかもしれません」

「カーテス……」

「憶えておいてください」

「はい……ワルキューレ様」

メーヤは静かな笑みを浮かべて頷き返した。

「さあ、地上に降りましょう。みんなが待っています」

ワルキューレがゆっくりと剣を下ろすと、宙に浮いていた大勢の人々が、徐々に地上へと降下を始めた。

そしてすべての人が大地に足をつけた時。

まだ空中にとどまっていた光の粒子が、まるで金色の雪のように空から舞い降りてきた。


「んっ……」

和人《かずと》が意識を取り戻すと、目の前には久しぶりに見るワルキューレの笑顔があった。

「……ワルキューレ？」

「ご心配をお掛けしました」

ワルキューレはそう言うと、そっと和人の頬《ほお》に触れた。

「ロイヤルの実のせいで、小さな私と和人様の魂が通じ合わなくなってしまい、元の姿に戻ることができなかったのです」

「魂が……？」

「あの実は種の保存の本能を極度に高める効果があるのです。実の力にとらわれた小さい私は、魂を無くされつつあった和人さまを〝不浄なもの〟として本能的に避けようとしたのだと思います」

「そうだったのか……」

和人はゆっくりと身体を起こすと、辺りを見まわした。

宮殿のあった場所には、もはやそれらしきものはなにもなく、大勢の兵士たちがまるで夢でも見ていたかのような表情を浮かべている。

その中には、すっかり惚《ほう》けてしまった女王の姿もあった。

「宮殿はなくなったんだね」

「はい」

「ぼんやりとだけど、君とメーヤさんの会話を憶えているよ」

そう……夢と現実の狭間《はざま》で、和人は本当によく似たふたりが微笑《ほほえ》み合う姿を見ていたような気がする。それぞれの立場も違うし、ほんの少ししか接することのなかったふたりだが、まるで姉妹のように思えたものだ。

「あ……花が」

「え？」

不意に遠くを見つめるワルキューレの視線を追って、和人は遠くに見える森の方角を見た。そこではあの蕾《つぼみ》だった花が、一斉に花弁を広げ、緑一色だった森を様々な色で染め変えている。

「綺麗《きれい》……ですね」

「あ、ああ……」

その幻想的な光景に目を奪われていると、

「和人《かずと》ーっ!!」

と、遠くから秋菜《あきな》の声が聞こえてきた。

その方向に顔を向けると、秋菜と共にリカたちが駆け寄ってくるのが見える。

子供に戻ったハイドラの姿も見えるので、あれだけの騒ぎだったというのに、全員が怪《け》我《が》ひとつしていないようだ。

「ワルキューレ……」

と、和人はワルキューレを振り返った。

だが――。

そこにいたのは、すでに子供の姿に戻ったワるきゅーレであった。

「どうしたの？　かずと」

「……いや、別になんでもないよ」

和人はそっとワるきゅーレの頭を撫《な》でると、秋菜たちに向けて手を振った。

エピローグ

三日後――。

和人たちはハッチ星の唯一の宇宙港であるミツバチ空港にいた。

惑星ハッチは辺境――つまり田舎の惑星であるため、他惑星へ向かう定期便など存在せず、仕方なく真田《さなだ》さんが手配したチャーター便も、到着するまでに三日を必要としたのだ。

「そろそろ宇宙船がやって来ますよ」

管制室から降りてきた真田さんは、ロビーに集合していた和人たちにそう言って声を掛けた。これで、ようやく地球に帰れるのである。

実は地球に帰る方法として、ライネの円盤を使うという方法も検討されたのだが、どうやってもあの狭いコクピットに七人も乗り込むことはできず、結局別便をチャーターするしかなかったのだ。

「じゃあ、あたくしは先に行かせてもらいますわ」

自らの円盤を持つライネは旅客船を待つ必要もない。

なんだかんだと言いながら、和人たちがこの惑星に滞在している間、ずっとつき合うようにナノハナ村にとどまっていたので、両手には一杯のおみやげを抱えている。

「んじゃな。また変なところに墜落《ついらく》するんじゃねーぞ」

「失礼ですわね。たまにしかしませんことよ」

ハイドラにからかわれ、プッと頬《ほお》を膨らませながらも、ライネは見送りに来た人々に手を振りながら自分の円盤で飛び立っていった。

「はあ～、後少しでお別れですのね」

ハニーさんは名残惜しそうに言ったが、それに対して和人《かずと》たちの中で、彼女との別れを惜しんでいる者はひとりとして存在しなかった。

別に悪い人ではないのだが、つき合うには相当の覚悟が必要な人だということが、この数日間でよく分かったからである。

できるなら、遠くで幸せになってもらいたい人のひとりであった。

「また、来るといい」

相変わらず、怖い顔をしたままネーヤが言った。

彼女は新女王となったメーヤの元で、引き続き侍従《じじゅう》武官を務める予定らしい。

新しい宮殿が出来上がるのはまだまだ先のことだろうが、それまではずっとメーヤの傍《かたわ》らで護衛を続けるつもりのようだ。

「ねえ、メーヤさんが新女王になると、誰でも結婚して子供を産めるようになるんでしょ？　ネーヤさんもそうするつもりなの？」

リカがそう質問すると、ネーヤはポッと頬を赤らめて一枚の写真を取り出した。

どうやらライネが持っていた雑誌の切り抜きをもらったものらしい。写真には「結婚したい男ナンバーワン」として名を馳《は》せた、宇宙でも有名な男性タレントが写っている。

「こんな人がいい」

「う～ん……」

リカはふたりが並んでいるところを頭の中で想像してみたが、どうもネーヤが夢を叶《かな》えるためには、かなりの努力と運が必要なようだ。

「メーヤさんはどうするんですか？」

リカとネーヤの会話を聞いていた和人は、隣に座ったメーヤにそう訊《き》いてみた。

元々、この惑星には男がほとんど存在しないため、近いうちに結婚希望者に対して、集団見合いを考えている……という話を彼女から聞いていたのだ。

「私も子供は欲しいと思っていますので、これからはバンバン作るつもりです」

「バンバン……ですか？」

なんと答えてよいのか分からず、和人は曖昧《あいまい》な笑みを浮かべた。

「それで……その為には相手が必要なのですが……」

メーヤはチラリと上目遣いに和人を見る。

「はい？」

「もし、和人様《かずと》さえよければ……」

「ダメーッ!!」

核心に触れようとしたメーヤの前に、ワるきゅーレが両手を広げて立ち塞《ふさ》がった。

「……ワるきゅーレ」

ふたりは突然飛び込んできたワるきゅーレを、呆気《あっけ》に取られた表情で見つめた。

「かずとを取ったら、ダメなのっ!!」

メーヤの言った意味が理解できているとは思えないが、彼女は彼女なりに危機を感じたのだろう。まるで大切なものを取られないとするかのように、ワるきゅーレはベッタリと和人に張り付いてきた。

「お、おい……重いだろ」

「いやっ、こうしてるのっ!!」

頑固にも退《ど》こうとしないワるきゅーレに、和人は困ったような表情を浮かべる。

そんなふたりの様子を見つめていたメーヤは、不意にクスクスと笑い出した。

「メーヤさん?」

「あ、いえ……やっぱり無理のようですね」

と、メーヤは羨《うらや》ましそうな目でワるきゅーレを見た。

「和人様を誘惑するのは諦《あきら》めます。ですから、ワるきゅーレ様がいつまでも一緒にいてあげてくださいね」

「うんっ!!　ワルちゃん、ずっと和人と一緒にいるの」

ワるきゅーレは満面の笑みを浮かべて頷《うなず》いた。


「あ〜あ、結局温泉には行きそびれちゃったわね」

宇宙船の窓から徐々に遠ざかっていく惑星ハッチを眺め、リカは思い出したように溜め息をついた。リゾート惑星への旅行のはずが、ド辺境惑星での冒険旅行に変わってしまったようなものである。

「でも、まあ……風変わりな旅行だったと思えばいいじゃねえか」

ハイドラはそう言うと、

「なあ……秋菜《あきな》」

と、秋菜にウインクして見せた。

「そ、そうね……」

その言葉の意味を悟って秋菜は曖昧《あいまい》に頷く。

温泉ではなかったし、ワるきゅーレに邪魔をされてふたりっきりになる機会などほとんどなかったが、とりあえずは和人《かずと》との旅行もどきを満喫して、それなりに充実した三日間を送った秋菜《あきな》であった。

賑《にぎ》やかな船内に苦笑しながら、和人はふと隣に座っているワるきゅーレを見た。

この数日、ずっと騒ぎ通しだったために疲れが出たのか、シロを抱えたまま、座席に沈み込むようにしてぐっすりと眠っている。

その寝顔を見つめていた和人は、ふと自分を嫌っていた時の彼女を思い出した。

——もし、あの状態が続いていたとしたら僕はどうしただろう。

いつも隣にいて、いつも慕ってくれる。

それがあたりまえになりつつある今、ワるきゅーレがいなくなってしまうことを想像するだけで、なんだか胸にぽっかりと穴が開いてしまうような気さえする。

和人はそっとワるきゅーレの髪に触れた。

「んんっ……」

なにかを感じたのか、ワるきゅーレは不意に目を覚ました。

「……どうしたの？　かずと」

眠そうな目をこすりながら、ワるきゅーレは和人が自分を見つめていることを知って、不思議そうな表情を浮かべた。

「いや……別になんでもないよ」

だが、少なくとも今はそんな心配はない。

ワるきゅーレは、最高の笑顔を自分に向けてくれているのだから……。

「あーっ」

不意に真田《さなだ》さんが思い出したように声を上げた。

「どうしたの？」

「私……婿殿《むこどの》に時乃湯《ときのゆ》を任されておりましたことを、すっかり忘れておりました」

リカの質問に、真田さんは申し訳なさそうな表情を浮かべた。

地球では、いつもの生活と、常連客が和人たちの帰りを待っているのだ。

あとがき

はじめまして、雑賀匡です。サイカタスクと読みます。

普段はゲームノベルを手掛けていますので、もしかしたら、どこかで名前くらいは見掛けてくださった方もいるかもしれませんね。

……まあ、淡い期待ではありますが(T.T)。

とにかくMF文庫J初登場ですので、以後お見知りおきください。


さて……今までずっとゲームノベルばかりだった私は、今回MF文庫Jシリーズがスタートするということで、ありがたくお声を掛けていただきました。

で、編集部の方から提示されたのが、介錯《かいしゃく》先生原作のこの作品だったのです。

原作やTVアニメに関する資料なんかを送っていただいた上に、自由にやってくれてもよいというお話でしたので、張り切ってプロットを作り始めたのですが……。

書けば書くほど頭を抱えることになりました。

あたりまえの話なのですが、やはり原作のある作品のノベライズは難しいですね。

もちろん、今までやって来たゲームノベルも同じなのですが、原作者さまの意向や想いをどうやって伝えるのかには毎回苦労させられます。

特に今回はオリジナルなお話でしたので、いかに読者の原作に対するイメージを損なわないようにするか……という点で、かなり苦慮しました。

「ああ、やっぱり和人《かずと》は和人だ」

と思っていただければ幸いです。

打ち合わせの際に介錯先生ともお話をさせていただき、裏の設定や、これからワるきゅーレがどうなるのかも教えていただきました。

ですが、取りあえず原稿は書き終えましたので、頭を一度リセットして、私も一読者または一視聴者として、今後の『円盤皇女ワるきゅーレ』を楽しみたいと思っています。

最後に介錯先生、アニメのプロデューサーさまや関係者の方々にお礼を申し上げます。金田一さま、児玉さまをはじめとする編集部の方にもお世話になりました。色々とご無理を言って申し訳ありません。

そして、この本を手に取ってくださった方に感謝します。

また、お目に掛かれればいいな……と思っております。

雑賀　匡

MF文庫J

ファンレター、作品のご感想をお待ちしています

あて先

〒150-0002
東京都渋谷区渋谷3-3-5
モリモビル
メディアファクトリー　MF文庫J編集部気付

「雑賀匡先生」係
「介錯先生」係
「藤井まき先生」係
「イトカツ先生」係

http://www.mediafactory.co.jp/

円盤皇女ワるきゅーレ
美女の惑星★大混戦！

発行　2002年9月30日
（初版第一刷発行）

著者　雑賀匡　原作：介錯

発行人　三坂泰二

発行所　株式会社
メディアファクトリー
〒104-0061
東京都中央区銀座8-4-17
電話　0570-002-001
03-5469-4760（編集）

印刷・製本　株式会社廣済堂

乱丁本、落丁本はお取り替えいたします。
本書の内容を無断で複製・複写・放送などをすることは、
かたくお断りいたします。
定価はカバーに表示してあります。

©2002 TASUKU SAIKA © 2002介錯／時乃湯

Printed in Japan
ISBN 4-8401-0633-9 C0193

MF文庫 J

MF文庫J小説・イラスト募集!!

MF文庫Jでは、フレッシュな文庫レーベルに
ふさわしい新しい才能を求めています。
MF文庫Jの代表作となるような意欲的な作品をお待ちしています。

テーマ

SF・ファンタジー・ホラー・ミステリー・アクション・コメディ・学園ものなど、ジャンルは問いません。

応募締め切り

作品は随時受け付けています。自信作が完成次第、ご応募ください。

審査

通常、2週間〜1か月で審査します。審査は、ダ・ヴィンチ編集部編集長、コミック編集部編集長、映像企画部（アニメ・映画制作）部長、MF文庫J編集部で行います。

結果通知

採用作品については受付から1か月以内にご連絡します。
残念ながら選にもれた方へも、審査コメントを送付いたします。

投稿要領

審査・整理の都合上、必ず下記要綱を守ってください。

【小説の場合】

■パソコン・ワープロなどで作成した原稿に限る。手書き原稿不可
■用紙サイズ：A4用紙・横使用
■書式：縦書き。可能な限り1P40文字×34行で設定。必ずページ番号を入れて下さい
■枚数：上記書式で、短編20枚〜40枚、長編100枚〜150枚程度
■上記書式で1枚目にタイトルと著者名、800文字程度のあらすじを、2枚目に本名、年齢、性別、住所、電話番号、お持ちの場合はe-mailアドレス、簡単な略歴を入れてください

※注意点

◆応募原稿は返却しません。必要に応じてコピーなどを取ってください
◆審査コメント送付用に、あて先を書いた封筒に80円切手を貼って同封してください
◆フロッピーディスクでの応募は不可です。必ずプリントアウトで応募ください

【イラストの場合】

■データ作成、生原稿どちらでも応募可能です
■データ作成の場合、jpg形式、CMYK、360dbi以上の解像度で、FD、MO、CDいずれかのメディアに記録のこと
■データ応募の場合、必ずプリントアウト（A4サイズに統一）を添付してください

※注意点

◆データとプリントアウトは返却しません。必要に応じてバックアップなどを取ってください
◆データ応募の場合、審査コメント送付用に、あて先を書いた封筒に80円切手を貼って同封してください
◆生原稿は返却しますが、審査コメントおよび返送用に、あて先を書き、応分の切手を貼った返信用封筒を同封してください

送り先

〒150-0002　東京都渋谷区渋谷3-3-5　モリモビル
株式会社メディアファクトリー　MF文庫J編集部　宛